世界頂尖的暗殺者轉生為異世界貴族 6

The world's best assassin,
To reincarnate in a different world aristocrat

月夜涙
畫 れい亜

Kadokawa Fantastic Novels

彩頁、內文插畫／れい亜

Prologue

序章　暗殺者探訪合作對象

The world's best assassin, to reincarnate in a different world aristocrat

至今我遇過各式各樣的魔族。

巨魔魔族、兜蟲魔族、獅子魔族、地中龍魔族以及蛇魔族。

當中最為異類的是蛇魔族。

她化成人類，還融入人類社會。

而且以她的情況來說，那不僅僅是為了達成魔族間共通的魔王復活大願，更是為了享受、疼惜人類的文化／娛樂才會如此行事。

正因為這樣，彼此便有合作的餘地。

之前她帶來的情報有助於我，好比對付獅子魔族，沒有她的助力應該就無法打倒敵人。

（而我們的合作關係出現了裂痕。）

上回跟地中龍魔族的那一戰，她並沒有給我情資。

她對其他魔族的動向未必會通盤掌握，也有可能只是不清楚地中龍的行動。

可是，諾伊修在我們戰鬥結束後即刻現身，不清楚的可能性便微乎其微。除非對方事先就知情，否則不可能抓準這個時間點派使者過來。

而諾伊修正要領我們到蛇魔族米娜的根據地。

像這樣大搖大擺地搭乘巨蛇魔物前往她的根據地，想想固然不太妥當，然而有些事還是要當面談才能釐清。

畢竟我有自信在任何狀況下都可以脫身，也準備了保險的措施……我並不會魯莽到毫無對策就闖進敵陣。

何況諾伊修也令我掛心。

目前，身為領路人的他正在操控巨蛇魔物。

「諾伊修，你不用矇住我們的眼睛嗎？」

接下來我們會被帶到蛇魔族米娜的大本營。

她應該不希望被人知道地點在哪裡。

正常來想，起碼要花點心思遮蔽視野，以免被我們記下路徑。

「無所謂啊。盧各，你是米娜大人的合作者，再說對你用那種小技倆，也沒有任何意義吧。」

「被你發現了嗎？」

我苦笑。

正如諾伊修所說，縱使視覺受限，以風探測四周環境對我來說是小兒科。

「……今天妮曼不在嗎？」

「因為她很忙。我們並沒有每次都一起行動。」

名列四大公爵家的洛馬林家千金。妮曼在追求完人境界的宗族之中屬於上上之作，在學校則是相當於我們的學姊。

「是嗎？那可真……」

諾伊修就此把話打住。

他對妮曼有好感。正因如此，我很好奇後半句話接的是「遺憾」或「慶幸」。

然而，諾伊修卻直接噤聲不語。

話說回來……

「這條蛇速度真快。」

「而且完全不會搖晃呢，少爺。」

「雖然比我們用飛的慢就是了。」

塔兒朵和蒂雅各自用手摀著頭髮，不過金銀秀髮仍然隨風飄逸。

體感速度約為時速三百公里。

速度相當於新幹線。

我們正以這種速度深入未開之地。

這個國家的森林尚未完全夷平，貴族們仍為了拓展領土而致力於開墾。

進入地圖上沒有記載的廣大樹林後，我們來到一處開闊得不自然的場所。

到此花了兩小時左右。

巨蛇魔物放我們下去以後，就潛入地中深處逐漸隱沒。

它讓我們搭了趟便車，但這種等級的魔物只要有意為害，應該可以讓小規模的城鎮覆滅。

「這裡就是米娜大人以魔族身分所居的宅第。」

雄偉氣派的宅第。

非得是高階貴族才能建造如此華美的宅第，最起碼也要有伯爵等級的地位才夠格。

以財力來講，生意做得好的低階貴族勉強也可以支應，不過低階貴族建造此等豪邸就會被視為以下犯上而惹人蹙眉。

然而，我在意的部分既非雄偉也非氣派。

「……沒道理啊，這屬於才剛蔚為流行的涅比亞建築風格，還是出自涅比亞本人的設計。」

這個國家的天才建築師涅比亞為喬克魯尼伯爵設計了宅第，由於成品實在太出色，拜訪過喬克魯尼伯爵宅第的那些貴族都紛紛委託涅比亞改建自家宅第。

到最後，連涅比亞以外的建築師也會接到要求，得比照喬克魯尼伯爵的宅第替業主搭建新居。

其設計理念不消多久就被取名為涅比亞建築風格，逐漸變成風行於這個國家的主流建築樣式之一。

在這種未開之地竟有魔族建造出該種風格的宅第，簡直難以置信。

諾伊修看到我的反應，便露出微笑。

「盧各，你真是見多識廣。正如你所言，這是由涅比亞本人設計的涅比亞式宅第。有個迷戀米娜大人的貴族奉獻了自身家產，將自己的宅第拆解以後運來這裡重組。」

「你說得倒容易，若不是一流工匠可無法辦到。你們總不能將一般民眾帶到這裡來吧。」

「畢竟米娜大人廣受歡迎啊。」

「原來是這麼回事。」

蛇魔族米娜具有強大的魅惑能力。

她應該是藉此洗腦所需人才，並且帶來這裡吧。

只為建造合心意的宅第。

我並不討厭她本身的為人，卻再次體認到對方果真是魔族。

「請進吧。盧各、蒂雅、塔兒朵，我來為你們領路，到吾主的宅第。」

門自己打開了。

於是，我們踏進了蛇窩。

◇

屋裡有許多身穿幫傭服的蛇人在忙活。

當我們一接近，專心打掃的那些蛇人就低頭目送我們。

非但宅第有貴族派頭，內部裝潢也顯得洗鍊，陳設的美術品一類亦屬出色。

保養工夫更是做得完美無缺。

明明所謂的美術品在保養之際需要極專業的知識，魔物卻能做到完美無缺，這只能用異常來形容。

這麼說來，除了幫傭以外，看似騎士配備著鎧甲與劍的蛇人也不在少數。

那同樣讓我感到不對勁。

從站姿、走路的模樣還有身上的氣息便可以將該騎士的能耐推敲個大概。

而且，看得出多達數十名的蛇人騎士皆為一流好手。

要從童蒙時期就開始修練，經年累月才能抵達他們那種境界。

然而，那有違常理。

騎士的戰技是人類鑽研出來的，魔物斷無可能習熟。

哪怕有人類傳授，從魔族解除封印算起還不到一年，要在這麼短暫的時間內學通根本不實際。

……等等，那對幫傭們來說也一樣。連我都挑不出毛病的舉止禮儀；一等一的家務技巧；需有專業知識的美術品保養工夫。這些本事都不可能一朝一夕就學會。

即使是勤學的塔兒朵，也花了幾年時間才練就這等火候。

更重要的是，那些蛇人的動作會不會太有人味了？

思索至此，我得出一個假設。

這件事應當向米娜問個清楚才行。

◇

我被招待至客房。這個房間對裝潢更加講究，所用的美術品也高了一等。

櫥櫃裡頭美酒成排，無論產自國內外都屬頂級佳釀。高檔的並非只有品牌及價格，那是貨真價實的好酒。

令人難過的是單從這個房間來看，我跟米娜的喜好似乎合得來。

這間客房的主人就在房間中央。

「歡迎來到我的宅第，盧各大人與兩位可愛的小女友。我一直很期待能邀你們過來，請上座。」

褐色肌膚與黑髮；妖豔的身體穿著煽情的服裝。

還有，紫色的眼睛讓人聯想到蛇。

如此一名絕世美女就在我眼前。

「唉，目睹華美的宅第時，我曾感到雀躍。然而……妳卻讓我看見了令人作嘔的玩意兒。在此重新聲明，我是人類，而且對同族具有普遍的友愛心理。」

「哎呀呀，果然被你察覺了呢，那些奴僕的材料。」

米娜若有深意地笑了笑，不懂話裡所指為何的蒂雅和塔兒朵偏過頭。

「妳們倆也有看到吧，在這座宅第勞動的眾多蛇人。它們取材自人類，並沒有魔族變成超水準的幫傭或者騎士。要反過來看，超水準的幫傭和騎士被化成魔族了……剛才諾伊修提過，這座宅第是從某位伯爵手中收到的，然而那並不正確。對方奉上的不只是宅第，還包括屋裡的人手。」

「少爺，他怎麼可以那麼做，太奇怪了。」

「原來蛇人是這麼來的啊。嗯，盧各，那我明白了。但是，我討厭這種做法。」

蒂雅和塔兒朵臉色蒼白，而且她們倆都對米娜感到厭惡。

只要是人類，任誰都會對此產生排斥感。

「請妳們別用那種眼光看我，我可沒有強迫他們喔。誰教那些人自己說要跟我永遠

作伴，我才會助他們實現心願。何況，那些人也沒有吃虧啊，畢竟他們現在變得比人類更為強大，還從衰老獲得了解脫。」

「用魅惑能力剝奪他人心智就不叫強迫嗎？」

「魅惑能力同樣是我吸引人的特質，你要抱怨的話，我也無可奈何。但是，既然你有所不滿，我願意托出自己的能力來為造成不快一事致歉。我呢，可以在吃下生物以後產卵，吃了人會生出蛇人；吃了狗就會生出蛇犬；吃了貓就生得出蛇貓。我產下的眷屬將具備生前的能力及記憶，並且脫胎換骨變得更強。很棒的能力吧？」

「算得上強大的能力。」

駭人聽聞。

米娜會接連不斷地魅惑他人納為玩物，膩了以後就吃掉當成自己的爪牙。

雖然她聲稱自己身為魔族並沒有多強悍，可是當成領軍者來評估的話，實力相當可觀。

「呵呵呵，請不要用那麼恐怖的眼神看我。被你那樣注視，真令人情慾高漲……甚至讓我想吞掉你呢。」

蛇眼緊盯而來，塔兒朵和蒂雅便上前護著我。

「兩位可愛的小女友，請放心。我說的『吞』是指在床上征服他。」

「那也一樣不可以！」

「盧各對妳這種阿姨才沒有興趣！」

米娜稍微板起了臉。

蒂雅的那句阿姨似乎讓她覺得不入耳。

「總之，所有人先就座吧，跑這一趟是要談往後的事。米娜，妳會特地把我們找來這地方，就是為了討論無法在別處細談的議題吧？」

「對，正是如此。腦袋靈光的男生果然好說話。我為你奉酒，要喝什麼？」

「寇杜紐紅酒。」

被酒界讚為紅寶石，釀造瓶數不多但品質非凡的酒。

而且其原料所用的葡萄屬特殊品種，日前巨魔魔族來襲時，在行軍路徑上的葡萄園已遭踏平，如今再也釀不出這支酒了。

我選這支酒固然是出於喜好，同時也蘊含諷刺之意。

「哎呀呀呀，我最鍾愛的酒呢。你曉得嗎？據說喜好合得來的男生，在肉體上也一樣契合喔。」

「這我倒不清楚。」

米娜替所有人倒了鮮血般的紅酒。

目前，她並沒有展現出完全敵對的行動。

話雖如此，我依然鬆懈不得。

也有可能一回神，我自己就被米娜吞了，還成為蛇人的同夥。

就算我有保險的措施，也不能說萬無一失。

保持謹慎跟她談一談吧。

Episode1

第一話 暗殺者談判

The world's best assassin, to reincarnate in a different world aristocrat

我正與蛇魔族米娜面對面。

到目前為止，雙方單純是相互刺探，接下來才要談判。

先確認她遞給我的紅酒有沒有額外加料。

不喝是最穩當的，但現在我跟她處於交好狀態。即使徒具形式，我還是得擺出信任對方的架勢。

……看來並沒有下毒。

我用眼神知會塔兒朵和蒂雅這一點，然後率先暢飲。

寇杜紐紅酒果然美味。

人類創造出來的文化結晶。或許就是因為有這樣的產物，才會讓米娜著迷於人類的文化。

「呵呵，我嚐過人類釀的各色酒品，滋味最好的就是這一種了。」

「我同意。」

我細細品味紅酒。

保存狀況也一樣完美，寇杜紐的鮮烈口感絲毫未損。

喉嚨得到滋潤以後，我朝米娜的臉望去，她若有深意地笑了笑，就等我說話。

她似乎希望由我發難。

「我就直截了當地問吧……妳有意願繼續合作嗎？」

「哎呀，這話怎麼說？」

「我指的是地中龍。那個魔族從滿久以前就在城鎮布局，妳肯定會察覺它的動向。儘管如此，妳卻沒有聯繫我，即使視為失去合作意願也不奇怪吧？」

我不打算讓米娜砌詞開脫。

哪怕會讓雙方決裂，我來這裡就是為了釐清事實。

「我是故意不通知你的。其實我需要一顆【生命果實】。那隻小東西十分強大，卻有致命缺陷，之後我很容易就能搶到【生命果實】。所以，之前我不希望被你攪局。」

「妳原本想讓那傢伙將【生命果實】栽培好再動手搶？」

「是這樣沒錯。」

「……這說不通吧。假如妳需要【生命果實】，何必跟我聯手？至今正是因為有妳的情報，我才能趕在【生命果實】栽培完之前打倒魔族。」

米娜斜舉酒杯停頓了一下，然後開口：

「老實說呢，之前我太低估你了。起初我以為就算提供魔族內部的情報，你總歸是阻止不了，大不了替我扯扯那些煩人對手的後腿就好。但是，你一路贏了過來……如今我要搶【生命果實】只能挑那隻小東西下手，事情才變成這樣。」

「聽起來很合理。」

「不過，那也失敗了。我想都沒有想到，你居然不靠我的情報也來得及趕至現場，能夠迎頭擊潰那隻小東西也令我訝異。你的本事實在高強，觀察力更是出色，頭一次有人類察覺它是躲在鎧甲裡面的膽小鬼呢。」

這段話也有讓我介意的部分。

倒不如說，那是我從之前就一直掛懷的疑竇。

「頭一次是嗎？換句話說，那條地中龍已經跟人類交手好幾次了，恐怕從幾十年、幾百年前就交手過好幾次。不只那傢伙，想必所有魔族都是如此。難道你們魔族會一再重生？」

至今我都有參考流傳下來的魔族相關文獻。

內容本身就已經有古怪之處。

縱使每個時代或多或少存在著差異，還是能找到關於相同魔族的記載。

儘管史料上明記有眾多魔族已被過去的勇者消滅。

然而，為什麼相同的魔族仍會一再出現？

過去那些魔族與此刻存在的魔族是同一人物嗎？

對此我一直很介意。

「我們會重生。要這麼說是有點語病，畢竟，我們又不會死。」

「擊碎心臟就能殺死你們吧。」

為此我才創了【誅討魔族】，用來擊斃不死之軀的魔法。

「的確。心臟被擊碎，我們就無法留在這個世界。不過，也就如此罷了，時候一到我們仍會降生於世。」

跟我轉世的狀況類似是嗎？

轉世為人之際，會將靈魂送到死後的世界洗淨漂白再一塵不染地帶回來。我的狀況則是刻意不予洗淨漂白，藉此保有前世記憶。

即使魔族會進行類似的步驟也不奇怪。

「可真是耐人尋味。既然如此，難道眾魔族周而復始地重複這種事情好幾次了嗎？那我倒覺得你們對付勇者的策略有欠周全。明明一再失敗，每次進攻看起來卻都是純以武力相逼。魔族並非全是沒有學習能力的傻子吧。」

至少在這個國家留下的紀錄中，人類幾百年來一次都沒有滅亡。

反過來講，魔族和魔王一直在吃敗仗，正常應該會研擬對付勇者的策略才對。

「難得有這機會，我提供你一項寶貴情報。我們魔族一次都沒有失敗過，至今都有達成目的喔，從幾千年前便是這樣。正因如此，這個世界才能存續下去。」

聽起來簡直完全相反。

有意毀滅世界的魔族與魔王，以及有意保護世界的勇者。我得對這套常識本身存疑才行。

「妳不會告訴我詳情吧？」

「當然了。我們是合作夥伴，並沒有要建立交情。對你透露這些，是為了這次沒有提供情報一事致歉。想知道更多的話，你就要付出其他代價。」

意思是要深入了解必須自己尋求解答吧。

光從魔族身上打探也不會有解答，我得另找場合跟勇者接觸。

「……至少，這表示妳還想保持跟我之間的交易吧。」

「對，如你所說。包含我在內只剩下四名魔族，但是，其餘三名魔族是特別的。憑我實在無能為力，因此希望你務必要收拾他們。」

「妳真的認為我信得過這些話？」

「正如一開始所說的，我是因為想得到【生命果實】，才會刻意不提供情報。既然如此，你能不能這麼想？只要我將【生命果實】納入手中，彼此就能回到原本的關係……是否可以請你將藏在身上的【生命果實】交給我呢？你若不願意給我，即使必須動用較強硬的手段，我還是會自行栽培。畢竟我無法從另外三名魔族手裡搶到，就只能親自栽培了。」

蛇眼直直地盯著我掛在腰際的【鶴皮之囊】。

我自然沒辦法裝蒜。

而且只要這名蛇魔族起念，必定就能栽培出【生命果實】。

她把持著亞爾班王國。

只要一面用政治的力量絆住我，一面在我鞭長莫及之處屠殺民眾即可成事。

既然這樣，我這邊有一個可行的手段。

「假如順序反過來，要我答應妳的條件也行。往後妳要繼續提供魔族的情報給我，然後，當妳成為最後一名魔族之時，我就把這東西給妳。」

這麼一來，我便可以防止米娜失控，又能保持雙方合作的關係。

米娜的表情頓時變得肅殺，卻馬上就換成了平時誘惑男人的那副嘴臉。

「你真是小心翼翼。」

「這次的事該有所懲罰。畢竟妳一度毀約，應當接受不利的條件。」

「可是，你有沒有忘記你們幾位的性命同樣擺在這張談判桌上當籌碼呢？這地方是我的巢穴，而你在先前的戰鬥中已受消耗。」

雙方各有道理。

這座宅第收容了幾百頭強大的魔物。

而且跟地中龍交戰的過程中，我已經把珐爾石用盡，還失去了大砲。雖然說魔力與體力都靠【超回復】補回來了，在這種形勢下戰鬥對我非常吃虧。

「那麼，我也要問妳。當我來這裡時就明白會有生命危險，妳認為我會傻得什麼對策都不準備？我們的命當不了籌碼。妳要試試看嗎？」

我們都直直地望著對方的眼睛。

彼此都擅於洞察心理。

正因如此，心思自有互通之處。

「算我輸嘍。好吧，我答應你的條件。往後我會更積極提供同伴的情報，也會動用政治的力量支援你。如果你對我吃人感到不快，我也願意節制。相對地，當我成為最後一名魔族時，你就要依約把【生命果實】交給我。」

「談判成立……那麼，既然事情談完了，塔兒朵、蒂雅，我們回去吧。」

「好、好的！」

「說得是，盧各，我也不想在這裡久留。」

我起身以後，她們倆也跟著站起身。

臉色僵硬。看來異常的氣氛讓她們很緊張。

「……我最後再給你兩項忠告。第一，我不建議你長期將【生命果實】帶在身上。那是供養魔王的飼料，因此人類的手容不下。切莫忘記你跟勇者不同，只是個本領高強的人類。第二，你想守護的是這個世界，還是國家，或者可愛的女友呢？不拿定主意將讓你做出錯誤的選擇喔。這次儀式已入佳境，被迫抉擇的時刻就快到了。位居中心的只是個凡人，導致儀式受到扭曲，連我也不曉得局面究竟會怎麼演變。」

「謝謝妳的忠告，我會當成參考。用什麼當代價比較好？」

「這是我個人奉送給中意男生的贈禮，你無論如何都想回報的話，請對我付出愛情好嗎？」

「我拒絕。米娜，很不巧的是妳非我所好。」

「哎，真狠心。但是，我也不討厭你這樣說話。」

米娜給了我忠告，【生命果實】有危險性自不用說。

還有，關於她為何會在這個時間點問我想守護什麼，從以往收集到的情報，我也大致可以推敲出對方想說什麼。

我不可能在這方面出差錯。

不想當道具的我心願是投胎轉世活得像人類。

盧各．圖哈德是為了與自己鍾愛的人過得幸福而活。我所求的，就只有如此。

Episode2

第二話 暗殺貴族緊擁

The world's best assassin, to reincarnate in a different world aristocrat

我們離開蛇魔族米娜的宅第。

米娜與諾伊修在目送我們。

對方曾問到需不需要用上載我們來的那條巨蛇，但我鄭重謝絕了。

被人目睹我坐那種玩意兒回去的話，難保不會身敗名裂。

（希望回去前能跟諾伊修單獨談談，但是沒機會吧。）

不，跟他獨處從一開始就沒有意義才對。

就算能單獨談話，此刻的諾伊修八成會把所有內容都報告給奉為主子的米娜。

所以，我下定決心。

我要當著米娜的面前，對諾伊修講出自己該講的話。

「諾伊修，麻煩告訴我，你待在這裡是為了什麼？」

我想知道的是諾伊修是否保有自我。

萬一他當下回答的是為了米娜，諾伊修就不是諾伊修了。

完全淪為米娜的傀儡。

諾伊修帶著人偶般毫無生氣的表情開口。

……回天乏術了嗎？

不，錯了。

諾伊修的表情隨之扭曲，那張臉看來正掙扎著想要保護內心寶貴的事物，那是屬於人類的臉，屬於男人的臉。

彷彿擠也要把話擠出來，諾伊修吐露出字句。

「我會待在這裡，是為了變強。變強以後，我將——」

後半句話被風聲抹去。

但是，這樣就夠了。

足以讓我明白諾伊修並不要緊。

「是嗎？我們下次見。」

萬一諾伊修已經沒救了，我有考慮過冒著風險將他拖離米娜身邊。

在這種狀態下，即使把諾伊修拖離米娜身邊，他也會視我為敵人而發動攻擊；強行把他帶回去以後，他大概還是會想回米娜身邊。非但如此，更有人格崩潰之虞。

就算那樣，我本來是想倘若諾伊修失去了自我，我就賭上些許治得好的可能性，採取強硬手段。

……然而，諾伊修仍是諾伊修，那麼我犯不著跟他賭。

留他在這裡吧。

「好啊，我們下次見面應該是在學園。」

我看向米娜的臉。笑吟吟的她沒有否定諾伊修所說的話。

學園的修建工程進展順利，學生們應該在不遠的將來就會被召回。

不過，她打算派現在的諾伊修到那裡嗎？

「我明白了。學校見。」

好吧。儘管我不清楚當中有何用意，既然能讓諾伊修離開米娜身邊，還獲得與他相處的時間，我就可以多方嘗試治療。

縱使那會是對方設下的陷阱。

◇

後來我靠著去程的記憶飛往最近的城鎮，並找了旅店投宿。

亞爾班王國內的治安相對良好，但唯有這座城鎮例外。說穿了就是治安敗壞。

我挑的旅店，在這座城鎮是最好的旅店。

因為這座城鎮治安惡劣，我才會大手筆消費。在治安惡劣的城鎮，住宿費用不只能換取舒適，對衛生方面及安全性也有影響。
投宿便宜旅店形同玩命。假如只是餐點被人下安眠藥或行李被偷，都還算好的。在這座城鎮，連人類都會成為如假包換的商品。
一進客房，我便躺到床上。
蒂雅見狀也學著躺到我的旁邊。
「今天實在是累了。」
「是啊，盧各，我都提不起力氣了呢。」
「好難得喔，盧各少爺會這樣露出懶散的一面。」
「那我呢？」
「呃，蒂雅小姐平時就滿常這樣的。」
塔兒朵稍微別開臉並道出真相。
「別看我這樣，以前我在維科尼時可是深閨裡的千金，都會避免露出破綻。跟盧各一起生活以後，我就覺得擺閨秀架子是件傻事了。」
如今蒂雅戴上貴族面具時，儀態舉止依舊是無懈可擊。
但是，她在我和塔兒朵或者寄予信賴的人面前，就會露出本性。
「我也覺得累了。雖然身體的疲倦已經消散，心裡的卻沒有。」
「嗯，塔兒朵，【超回復】太過方便了，再怎麼逞強都能馬上恢復活力嘛……但是，對於內心的疲倦就完全沒有用。」

蒂雅提到的正是【超回復】的弱點。

能回復的終究只有身體。

我本身在跟魔族展開極限死鬥以後，又和米娜進行談判，神經大受磨耗。

正因如此，我才決定就近找地方調養休息，而沒有勉強在一天內趕回圖哈德。

「對了，塔兒朵已經沒事了嗎？畢竟，【獸化】時間要是拖長，她的身體總是會發生變故吧？」

塔兒朵臉紅了。

因為她本人也很介意【獸化】帶來的催情副作用。

「我照著少爺的吩咐，每天花一小段時間適應變身，就變得可以忍耐了。」

塔兒朵終究只是可以忍，並不代表那方面的衝動從此消散。

她現在的眼神也顯得有點春心蕩漾。

「是喔，妳變得可以忍了。」

「蒂雅小姐，請問那又怎麼了嗎？」

「沒有啊，沒事。總之我們去吃飯吧，我肚子餓了。」

「好的，我也餓壞了。說不定【超回復】帶來的回復力會加快飢餓的速度，再說我一直拿著沉重的行李。」

塔兒朵望向豎在牆際的魔道具長槍。

平時我都會把武器收進【鶴皮之囊】，但是放到裡頭的話，不知道受【生命果實】的影響會造成什麼變化。

搬運滑翔翼讓我們吃了苦頭，一路扛著巨大的機械長槍，也讓我們在街上被人投以奇異的眼光。

缺了【鶴皮之囊】竟然會如此不便。

回到圖哈德以後，我得設法讓它恢復作用。

◇

該怎麼說呢，餐點……不上不下。

「唔，麵包和酒都不太美味耶。」

「相當普通呢，蒂雅小姐。」

這座城鎮既不像王都一樣上等貨齊備，也不像穆爾鐸一樣屬於從全世界蒐羅貨品的城市，更不像圖哈德領一樣土壤肥沃，作物質優。

因此對舌頭被養刁的我們來說，這滋味會在心裡留下不滿。

何況收費與王都的旅店差異不大，所以挺讓人無奈。在這裡安全似乎就是高級品。

「相對地，分量倒是不少。說來算是迎合勞工的酒館。」

除了某種特例，上流階層的人應該不會來這座城鎮。

作為今天主菜端上桌的炒豬肉有滿滿一大盤。

從賣相就了不得，肋條肉、里肌肉、豬肝、豬心、小腸等各式各樣的部位都一股腦下鍋炒熟，再用鹹中帶甜的醬料調味去腥。

火候過旺大概是因為食材鮮度的問題。醬料掩蓋不盡的腥味固然刺鼻，所用的肉品倒沒有劣質到無法下嚥……勉強合格就是了。

味道意外不錯。這道菜說來說去仍有滋味多變的優點，偏重的口味很下酒。

「哎，比想像中好入口。」

「盧各少爺，對我來說這頓大餐已經夠豐盛了。」

「偶爾換這種口味也不錯呢。」

圖哈德的地方菜式較偏家常菜，但是母親與我所好的料理難免以上流菜式居多。

若非有這種機會，我應該吃不到像這樣粗枝大葉的料理。

◇

回房以後，當我著手處理麻煩工作時，蒂雅就從後面探頭看了過來。

我包了兩間客房，蒂雅是跟塔兒朵睡另一間，她卻穿著睡衣到我房裡玩。

睡衣的料子薄，因此嫵媚動人。

我是這陣子才發現，蒂雅正在發育，體態開始變得有女人味。

或許她會長得比母親還豐滿。

「你在忙什麼呢？」

「寫今天的報告書，這得先呈給上級才行……交代內情很麻煩，所以我想隱瞞打倒魔族一事，卻又不能那樣辦。」

魔族再次被打倒，事情將傳得沸沸揚揚。

這樣我就打倒過半數的魔族了。國內應該會認為所有魔族都能打倒，並且熱烈抬舉我吧。

我希望避免那樣的局面，但是聖地的魔族塑像八成又碎了，所以絕對瞞不住。

「為什麼？盧各，你領到的勳章大概又會增加，還有獎金呢。何止如此，你說不定還能獲封新的領地而加官進爵。」

「我不想加官進爵。領地再拓展的話，我就顧不到每一個角落，恐怕還要為中央的政治煩心。當男爵最合乎我的性子。」

貴族階級升得越高，越能獲得權力與財富，但義務也會隨之增加。

男爵基本上只要顧慮自己的領地就好。

爵位再高就會被迫參與政治，還得照顧那些低階貴族。

坦白講很麻煩。

……基本上，只要我仍是低階貴族，也會從高階貴族那裡接到不合理的命令。但是考量到這一點，我依然認為加官進爵划不來。

「你沒有欲求呢。」

「我有，我會把想要的東西全部拿到手。為了讓我跟我重視的人過得幸福，有需要的東西我就會去爭。只是在加官進爵以後，並沒有東西能讓我們變得幸福。」

如今我想要卻無法到手的東西幾乎不存在。

加官進爵後會有的收穫反而盡是我不想要的。

「呵呵，也對。盧各，與其看你出人頭地，能像這樣永遠跟你在一起更好。像我的父親，以前也總是忙碌奔波，連要一起吃飯都很少有機會。」

「位高如伯爵免不了要這樣吧……或許我該做一次確切的聲明比較好，如此一來，大概就不會像上次那樣被吃味的人扯後腿了。」

「你說的聲明，意思是要當眾表示自己不想加官進爵嗎？」

「那是最省事的辦法，不過那麼做的話，恐怕也會因而惹惱另一群人。」

人心既不講理又難解，更何況，如果只是要捉摸一兩個人的心思也就罷了，玩弄心計的對手若有好幾人，我便窮於應付。

「好，信寫完了，趕一大早寄出就能將報告了結。蒂雅，我要睡嘍。明天還得調查【生命果實】的相關情報，我希望將身體狀況調養到萬全。」

「……這樣啊，有點遺憾呢。」

蒂雅從後頭摟住我。

感覺她的體溫比平時高。

蒂雅的用意和體溫一同傳達過來。

「妳不累嗎？」

「我非常疲倦啊。可是，我有那個心情。盧各，我一想到自己或許會失去你，心裡的開關就會被觸動。今天跟魔族交手，你獨自冒了天大的危險，跟米娜講話時更遙遠得像是另一個人，然後我的身體就一直都這樣了。之前我問塔兒朵有沒有動情的症狀，是因為我打定了如果她忍不住，自己就必須禮讓的主意。盧各，我這樣會不會很怪？」

「不會，我稍微能夠理解。」

為了抹去不安而想跟對方結合。

藉由感受彼此來讓自己安心。我也想感受蒂雅。更重要的是，蒂雅羞澀地向我吐露心聲的模樣實在太可愛，讓我的理智一去不回。

「呀啊！」

我像變戲法一樣瞬間掙脫蒂雅的擁抱，然後反過來以公主抱的方式將她抱上床。

蒂雅含情脈脈地仰望我，並且張開雙手準備迎接我。

「妳不會失去我。」

「嗯，讓我相信你。」

我帶著微笑與她嘴脣交疊。

我就在這裡，而且，我絕不會離開蒂雅身邊。

我要讓她明白這一點。

Episode3

第三話 暗殺貴族獲得禁忌果實

The world's best assassin, to reincarnate in a different world aristocrat

我們正在旅店用早餐。

我並沒有多期待，但味道還不壞。

營養成分有經過考量，也填得飽肚子。

「哼哼哼♪」

蒂雅心情絕佳。

應該是昨晚歡好的關係吧。

她很少有那種興致，不過內心的開關一被觸動就會撒嬌到底。

塔兒朵看似羨慕地望著這樣的蒂雅。

我跟蒂雅並沒有談過昨晚的事，無形間卻會讓她感受到。

「少爺，請問接下來要啟程回去了嗎？」

「對，等我把信寄出去就立刻動身。」

【生命果實】的事讓我在意得不得了。

最糟的情況下，【鶴皮之囊】還有從內側破損的風險，因此這並非悠哉的時候。【鶴皮之囊】是珍貴物品，損壞以後要取得替代品極為困難。

可以的話，我並不想動用它，然而不用【鶴皮之囊】就能安全攜帶【生命果實】的方法卻不存在。

我姑且用特殊合金將東西包著，但應該只能求個心安。

「那我們要買土產回去嗎？盧各，我覺得偶爾用這種方式表現孝心也不錯。」

「在這座城鎮買？我是不太建議……總之，寄信途中順道去逛逛攤子吧。那樣應該無妨。」

「就這麼辦。沒看到好貨色的話，也不用勉強買嘛！」

事情說定，早餐吃完。

立刻準備出發吧。

◇

走過大街，前往郵局。

從最頂尖的旅店才那種水準便能得知這座城鎮治安之惡劣。

至於有多糟，可以說女性單獨上街會與娼館選秀的狀況差不多。

抱持著走在大街就不會有事的天真想法，後果將無可挽救。

我跟這地方的領主認識，其為人相當豪放。

掌管城鎮的方針也粗枝大葉，對來者全然不拒，無論是罪犯或異邦人，城裡都願意接納。

而且，城裡並無成文法規，一切發生於此的狀況皆需自負責任。即使遇上了強盜，即使遭到殺害，即使被強暴，都只能含淚吞下。

正常人不會靠近這裡。

待在這裡的分子，絕大多數是別無歸宿的人，或者有買賣得靠這種地方才能談成的生意人。

在其他城鎮被視為違法的商品照樣能陳列銷售，呈現出贓物市場即為城裡主要產業之景。

……由於環境如此，從剛才就陸續有害蟲朝蒂雅與塔兒朵趨近，哪怕我就在她們倆身邊。

當中必然存著邪念才是，他們都知道這等姿色的兩名美少女能讓自己發大財，出手綁架又無人會怪罪。

在這裡連人類都會成為商品，美少女可以開出相當漂亮的價碼。

對那些害蟲來說，拐賣她們倆就像有錢掉在地上，所以大可撿走。

「呃，盧各少爺真的從剛才就毫不留情耶。」

「唔哇，又有人飛出去了，好完美的拋物線。」

「既然言語無法溝通，我只能這麼做吧。」

要一一應付這種害蟲可就累了，因此我決定趕在那些打著歪念頭湊過來的傢伙出聲之前，先用凝聚風之力的上鉤拳給下巴一記震撼，讓他們統統入睡。

蒂雅和塔兒朵有足夠的能力輕鬆打發這種害蟲，卻好像對成年男性衝著自己來的獸慾感到害怕，所以都巴著我不放。

當對方嚇到她們倆的時候就是有罪，我不會姑息。

後來，蒂雅在走了一小段路以後停下腳步。

「哇啊，這裡有賣別緻的項鍊呢。所用的寶石質地不錯，加工的手藝也相當細膩又有品味，而且還滿便宜的耶，這條項鍊，即使店家開三倍的價錢都不奇怪。我們買回去送給母親大人怎麼樣？」

蒂雅提到的母親大人是指我的母親。我跟蒂雅假托為兄妹，出門在外姑且要用符合設定的稱謂以免露餡。

我朝著蒂雅視線的前方望去，尋常無奇的攤子擺了一條項鍊，連美感過人的蒂雅都要為之讚嘆。

若是配戴那條項鍊，何止不會在貴族社交界蒙羞，還能令人折服，是精美華貴至此的逸品。

「妳打消主意比較好。」

「盧各，那肯定是挖出來的寶喔。假如你懷疑真偽，我敢保證那絕非贗品。」

「如此高貴的逸品，用那種價格販售反而不妙，想必是贓物。我有跟妳提過這是座什麼樣的城鎮吧。」

「啊，對喔……你說得沒錯，這麼有格調的項鍊，識貨的人一眼就會認出來歷。」

這個時代少有量產貨，尤其上乘的寶石工藝品幾乎全出自知名匠人之手，每一件都堪稱絕無僅有。

正因如此，要是配戴贓物於社交界亮相，很容易就會被人識破而淪為笑柄。

所謂的社交界很小，消息瞬間就會傳開。

一般會將寶石卸下，化整為零後再轉手賣出。然而，那條項鍊所用的寶石好歸好，款式之美與精湛手藝卻帶來了更高的價值，分解後再賣將讓價值大打折扣。

所以賣家將項鍊保留原樣，訂出的售價內含隱情。

買這種東西的人，若非身處配戴贓物被識破也無所謂的立場，就是出於祕而不宣的收藏動機。

這座贓物市場全靠偷了東西想安全變賣的宵小，以及打算撿便宜的人來維持平衡。

好比說，無緣涉足中央的偏鄉貴族。他們即使在宴會配戴贓物，遭到識破的風險也不高，當中便有人常跑贓物市場還自詡精打細算。

「唔～～好可惜。多希望母親大人能戴一條那樣的貨色。」

「因為她對首飾之類不感興趣嘛。」

圖哈德家雖位居男爵，卻靠著本身醫術與檯面下的暗殺生意，收入比尋常的子爵家更為優渥。

若想過得奢侈，家裡是有那個能力，但母親不願如此。

「所以我才想買來送母親大人啊。要是沒有人把首飾塞給她，她永遠都不會多打扮的。我覺得這是好機會，如果是盧各送的禮物，母親大人一定樂於接受。」

也許真如蒂雅所說。

儘管母親並沒有放在心上，社交界有一群人會嘲笑她不配戴珠寶亦屬事實。

我想給那些人一點顏色瞧瞧。

「……好，我會拜託瑪荷，讓她物色寶石從穆爾鐸寄過來。單純買項鍊孝敬的話，母親八成會過意不去而拒絕收下，若是由我親自製作，她應該就會欣然戴上了。」

如此決定後，我從現場匆匆離去。

「不在這裡買嗎？盧各，你看，有分解過的寶石廉價出售耶。買那些就不會出問題吧？」

「買那些零散的寶石確實不會被識破是贓物，價格也划算，可是我並不想讓母親配戴那種來歷的東西。先告訴妳，我還要一併製作我們的訂婚戒指。訂婚戒指要是用到那樣的寶石，妳也會排斥吧？」

「唔，的確。等等，你剛才隨口講了天大的消息對吧！什麼訂婚戒指，我都沒有聽你說過！」

「聊到珠寶的話題，又目睹其他男人接二連三朝妳湊過來，我才想到有訂婚戒指就可以趕走那些蒼蠅。其實我本來是打算早一點製作，忙來忙去便忘了。」

我與蒂雅訂有婚約。

兄妹成婚在這個國家算不上稀奇，因此沒必要遮遮掩掩。

有婚戒的話，能趕走黏人的蒼蠅反而是好事吧。

「……我好高興。盧各，像這樣有實質可見的定情信物，很讓我心動呢。」

蒂雅揪著我的衣襬低下頭。

「好好期待吧。我會設計一枚上好的婚戒。」

這是我倆的訂婚戒指。

我不打算對此馬虎，從材料就要講究。來運用我旗下商會歐露娜的大規模情報網，將最高品質的貨色弄到手。

趁這個機會，把戒指設計成可以在緊要時刻施放攻擊魔法好了。說起來琺爾石亦是如此，寶石因種類而異，與魔力相合者適於儲存魔力，還可以刻印術式。

「恭喜妳，蒂雅小姐。」

塔兒朵帶著笑容給予祝福。

然而，她的表情裡夾雜著一絲絲只有我才能察覺的悲傷與羨慕。

我露出苦笑，還將手輕輕放在塔兒朵頭上。

「塔兒朵，妳怎麼講得像是事不關己呢？我當然也會製作妳的份啊。」

塔兒朵用雙手捂住嘴，並且仰望我的臉。她的眼睛濕潤，淚水壓抑不住而盈眶。

「那個，少爺，我非常非常高興，可是，我是傭人，還是個平民，這樣行嗎？」

「當然行。還是說，妳排斥跟我成婚？」

「我才不排斥！」

好強的氣勢。

簡直像玩具差點被收走的孩子。

「塔兒朵的這種特質讓我覺得既麻煩又可愛呢。」

「是啊，蒂雅說得對。」

「嗚嗚嗚，你們兩位都好壞心。」

我們三個朝彼此笑了出來。

她們倆都很可愛，而且惹人憐惜。

為了她們倆，我大概什麼都辦得到。

◇

昨天製作的報告書透過信鴿被送往王都。

我們目送後便回到圖哈德的宅第。

接著，我用領地內的通訊機聯絡瑪荷，並告知預算與想要哪種寶石，委託她將東西寄達，然後來到後山。

這裡就連領民都禁止進入，我也向塔兒朵及蒂雅吩咐過，無論發生什麼狀況都不許靠近。

換句話說，出任何事情由我一個人受害就夠了。

「那麼，不知道是吉是凶呢。」

【生命果實】終於被我從【鶴皮之囊】中取出。

期待與不安，兩種情緒正在我的內心作亂。

就讓我來試試這用於喚出魔王的力量究竟有何能耐。

Episode4

第四話 暗殺者遭受重創

The world's best assassin, to reincarnate in a different world aristocrat

竟然會到這般境界……

見識【生命果實】釋放的力量，使我暗自咂嘴。

我並沒有小看【生命果實】。

原本我對它的評估是比頂級水準再高一個層次。

明明如此，連我預設的層次都被超越了。

【生命果實】不是單純的力量結晶。

數量破萬的靈魂並非被充作養分變成食糧，而是轉化為單單一顆果實。

它會搏動，還具有生命。

這是它與琺爾石在根本上的差異。我愛用的琺爾石終究只是魔力充能槽。

然而，這東西卻是源源產出魔力的發電機。

性質可供儲存魔力的媒介多得是，不過能產出魔力的就只有生命。

吞噬好幾顆這種玩意兒而降生的魔王，光想像就令我不寒而慄。

畢竟，光是這一顆【生命果實】的力量，恐怕已能與勇者艾波納比擬。
倘若要用好幾顆【生命果實】與魔族為材料來創造魔王，其存在當然是無人能敵。
更棘手的是，我的唾液從剛才就止不住。
與初次看見這東西時同一種渴望正在我內心作亂。
（好想吃下去。它看起來是如此美味。）
我頭一次體會到這種飢渴。
以往我受過絕食兩週左右的訓練，連那時候都沒有飢渴成這樣。
本能正在吶喊要吃這東西。
太過甜美的誘惑。
現在不立刻張口大啃的話，腦袋似乎就要發狂了。
即使如此，我仍靠理性踩下剎車。
我不可能容納這麼龐大的力量。
何況其性質極為凶險。
如果是單純的力量聚合物，我還有可能靠【超回復】與【成長極限突破】適應。
別囫圇吞下，小口小口地吃，一面等受創的身體痊癒，一面逐步適應。憑我是可以辦到。
……只是，這股力量有自己的生命。

（它會讓我喪失自我。）

將數目過萬的人類意志與感情強行統整化為一體，使它成了極端異質且無與倫比的產物。

若我一併接納那股意志與感情，即使身體平安無事，盧各・圖哈德的人格也會就此消滅，轉變成別的存在。

那樣的話，我不過是受【生命果實】操控而保有盧各・圖哈德外貌的傀儡。

（還真是不折不扣的禁忌果實。）

我露出苦笑。

只要吃下去，我肯定會變強，變成實力更勝勇者的怪物。相對地，我將失去實力以外的一切。

有時候順從本能固然也很重要。

但是，那並非現在。

我要以理性駕馭本能，並且屏除惡魔的誘惑。

對暗殺者而言，冷靜是最大的武器。

（來吧，讓我見識你的真面目。）

我駕馭住所有感情與本能，開始著手剖析這狂暴的生命結晶。

掌握它是什麼以後，必能發現我不得而知的隱藏真相。

◇

後來經過五小時，我設法回到了宅第。

「呀啊！盧各少爺，到底發生了什麼事！」

塔兒朵發出尖叫，還不慎讓手裡的盤子落在地上。

「我逞能了一下。不要緊，我做過急救措施。幫我叫父親過來，我自己實在是處理不了。」

我目前的模樣很是淒慘。

衣服破破爛爛還沾滿了血，胸口有一大道裂傷。

左手更受到嚴重燒傷，右臂骨折，肋骨與左腿骨都有裂痕。

好久沒被重創到這種地步了。

況且，【生命果實】具有意志的魔力糾纏在我身上，妨礙【超回復】生效，使我的傷勢痊癒緩慢。

不幸中的大幸是我避開了會留下後遺症的傷害。

「我明白了！我立刻去請祈安老爺過來！」

「嗯，麻煩妳。我在這裡等著。」

父親是國內醫界的第一人，交給他就可以放心。

極限已至。我靠到牆際，身子隨即癱軟。

塔兒朵拔腿趕向父親的書齋。

我倚著牆壁邁步。

「……這下我可把天大的炸彈攬在身上了。」

身體傷痕累累，魔力也消耗殆盡。

然而，我的嘴角是上揚的。

因為我獲得的成果足以跟這種傷勢相抵。

儘管發生了些許意外，對於【生命果實】的剖析仍舊成功。

我的實力又增進了一級。

而且，我發現女神、魔族及教會那些人隱瞞的規則了。

比起變強，那才是更大的收穫。

我發現了過去被女神與魔族藏起來的選項。選那條路的話，就可以通往女神及魔族雙方「玩家」都不期望的結局。

我會選擇那個隱藏選項。

假如繼續遵從他們定的規則，走上他們鋪好的軌道，我的幸福將會瓦解崩毀。

對，就是這麼回事。

我終於懂了。

難怪勇者艾波納接下來會崩潰。

◇

我醒了過來。

身體被人洗乾淨了，衣服也換成寬鬆的睡衣。

每個部位都纏著繃帶。

雖然不明白用了什麼手法，原本纏著我阻礙傷勢痊癒的有害魔力已被去除。

不愧是父親，他為我做了完美的治療。

「啊，盧各少爺醒來了！」

「真是的，讓我們為你擔心。」

塔兒朵和蒂雅始終握著我的手，並朝我搭話。

「……我昏過去了嗎？」

「我嚇了一大跳。當我帶祈安老爺到房間以後，就發現少爺倒在床前，而且一動也不動。」

「盧各，目睹那副光景，我有一瞬間還以為你死了呢。」

我隱約有印象。

進房後緊繃的神經就斷了線，全身乏力。

「抱歉，這次是我胡來。」

「你要胡來的話就帶我們去嘛！」

「蒂雅小姐說得對，保護少爺是我的工作！」

「太過危險。要是走錯一步，我已經死了。如果這次帶妳們去，鐵定會連累妳們倆受傷……那並不是像我這樣就能了事的。」

明確來講，【生命果實】絕非我所能容之物，其力量就是如此強大。

「所以才需要我們啊。我跟塔兒朵可都變強了，我們並不是永遠只會讓你保護。」

「沒錯。我每天都在鍛鍊少爺所賜的力量。」

自從我利用【追隨我的眾騎士】的能力，將【超回復】與【成長極限突破】賦予蒂雅和塔兒朵以後，她們倆除了以往接受的訓練，還持續從事提升體能及魔力量的訓練。

其成果開始顯現，這兩人以基本規格而言已達到人類之巔。

更何況，只要回顧至今跟魔族的戰鬥就會明白。

我能隻身獲勝的戰鬥根本連一場都沒有，有她們倆我才能贏。

她們已經不是非要我保護的存在了。

……對此我明明再清楚不過。

「說得也對，下次我會拜託妳們。」

所以，我決定坦率面對。

差不多該承認她們能獨當一面了。

「坦率才乖嘛。那我回房間嘍，你今天要先靜養。」

「是啊，我著實累了。」

多虧【超回復】，體力與魔力都大有起色。

然而，身體像鉛塊一樣重，腦袋無法靈活運作。

「少爺，請問你能夠用餐嗎？祈安老爺說過吃飯不會影響傷勢。」

「那就來一頓吧。我想吃清淡的，麵類應該可以。」

「好的，我立刻去做。」

她們倆準備離開房間。

我就朝她們搭了話。

「我想問妳們，我仍是我嗎？」

「別問怪問題啦。盧各就是盧各啊。」

「呃，少爺，請問你有哪裡不舒服嗎！」

「沒有，沒事的。抱歉，是我問了怪問題。」

我再次躺下。

剖析【生命果實】的過程中發生了事故。

基本上，即使我有意研究那東西，也毫無獲取力量的打算。

因為太危險了。

然而，我卻過度輕視【生命果實】屬於活物又擁有自身意志的事實。

既然【生命果實】是活物又具意志，便會為了目的採取行動。

它會引誘我吃下自己也是因此所致。

我靠理性克制之後，就寬心鬆懈了。

可是，【生命果實】祭出了下一招。它並沒有繼續引誘等著被我吃掉，而是起意將我吞噬進去。

跟它意識相連以後，我的人格險些被數量破萬的意識集合體壓垮，只差一步就淪為替【生命果實】達成目的的傀儡。

藉著事先準備的保險措施，我在緊要關頭保住自己的人格，進而屏蔽了彼此相連的意識。

我之所以會獲得大量情報，主要是因為【生命果實】在支配我之際，本身有何目的與準備採取哪些行動都流入了我的意識。

不過，代價則是我依然跟它相連在一起。

對，雖然我屏蔽了彼此的聯繫，卻沒能將其斬斷。

「……真受不了，這下該怎麼處理才好？」

我舉起手，於是龐大魔力隨之流出。

那比我的瞬間魔力釋出量高了好幾倍。

那股力量來自我用某種手段封印在圖哈德領地的【生命果實】。由於彼此有著聯繫，我才可以無視距離使出這種把戲。

稍微解除屏蔽就這樣了，要是拿出全力，還能提高好幾倍。

但我並不打算胡亂動用。

這種力量是兩面刃。

若有閃失，一回神就足以令人喪失自我的危險力量。

然而，其力量強大亦屬事實。

假如我要走上凌駕於女神與魔族雙方之路，應該就有需要這種力量的時候。

我得想出與它相安無事的法子。

哪怕這是【生命果實】對我設的陷阱。

Episode5

第五話——暗殺者鑄戒

The world's best assassin, to reincarnate in a different world aristocrat

從我遭受重創的那天算起，到了第三天早上。

我感到一身輕，疼痛也消失了。

「總算癒合了嗎？」

剖析【生命果實】的過程中受的傷勢痊癒了。

燙傷或受創的痕跡都沒有留下。

幸虧父親替我做了適切的處置，如果硬是靠【超回復】強化自我痊癒力，就會留下痕跡。

外貌對暗殺者來說是重要的要素之一。

想接近目標身邊，第一印象很要緊，可悲的是這得靠外貌。有醜陋的傷痕或燙傷將成為莫大障礙。

「假如沒有【超回復】，我大概會臥床一年以上吧。」

憑我的身體得花三天才能康復的嚴重傷勢。【超回復】可讓基礎痊癒力提升百倍。

儘管我進一步鍛鍊熟練度，已經將痊癒力提升為一百幾十倍，卻還是有三天都無法動彈，傷勢之重可見一斑。

「身上的那股力量也變得頗為調和了。」

【生命果實】的力量有些許進入了我的身體，如今已化成血肉的一部分。雖說目前被我屏蔽，卻還是能感受到彼此的聯繫。

就現況而言，對我只有益處。

然而，我不會掉以輕心。這好比將炸彈攬在身上。

正因如此，我非得想清楚以後要如何與它共處。

◇

我利用通訊機的錄音功能，確認這三天之間是否有重要的聯絡事項。

聯絡事項只有一件，來自瑪荷。

她從塔兒朵那裡聽說了我的傷勢，就希望我在養好身體以後能跟她聯絡。

我立刻動用通訊機。

瑪荷那邊也很忙，要接聽大概有困難，但是我可以用錄音功能來轉達自己方便使用通訊機的時間。

不過，狀況有違預期。

通訊連上後，瑪荷一秒鐘就接聽了。

我想她肯定都守在通訊機旁邊。

『哥哥的身體康復了嗎！』

「對啊，已經沒事了，甚至變得比以前更強。」

『是嗎？我真的很擔心。有好幾次都在想要不要把工作全部拋開，然後趕去圖哈德領那裡。』

「妳為什麼沒有那麼做？」

『因為這裡是哥哥交派給我的戰場。』

「乖孩子。」

她懂得做自己該做的事。用說的可簡單，能予以實行的人卻不多。

而且，在任何時候都能正確採取行動的部下是非常寶貴的，值得我信賴，能夠承擔大任。

『哥哥知道我討厭像這樣被當成小孩對待吧？』

「是我不好，習慣改不掉。妳找我只有這件事嗎？」

『不，哥哥託我找的東西準備好了。項鍊要用的寶石、戒指要用的寶石，而且是你指定要的那四種，鑽石、祖母綠、藍寶石、紫翠玉，還有祕銀也找到了。』

「謝謝妳。」

『對不起，原本我希望湊齊最頂級的貨色，可是祖母綠、藍寶石、紫翠玉只有取得高級品而已。』

「不會，除了鑽石以外，能拿到高級品反而好。」

從整體採掘量評估，那些寶石的頂級品占比不到百分之三。

我讓瑪荷趕忙去張羅，就算沒找到也在所難免。

況且，頂級品與高級品的差距可以靠加工技術推翻。

『哥哥，我可以發問嗎？』

「無妨。」

『項鍊是送給艾思麗夫人的禮物，戒指聽你說是要鑄成婚戒……但戒指所用的寶石為什麼需要三種呢？其中一枚戒指的款式會用到兩種寶石嗎？』

她的聲音交雜著不安與期待。

在瑪荷的內心有她希望的答案存在。

「不，單純是我要鑄三枚戒指罷了。鑽石的光彩兼具剛毅及高雅，靠切割加工就能讓它展現出包羅萬象的魅力。從硬度最高的特質可以聯想到意志之堅韌，正好符合蒂雅的形象。我與蒂雅的婚戒會用到鑽石。」

『跟我對鑽石的印象不同呢。它確實有獨特的光彩，但要說的話，我對於鑽石有看重其硬度而應用在工業的印象。以寶石來說，鑽石在市場上的評價也被當成二流。』

「我說過吧，靠切割加工就可以轉換給人的印象。」

我這邊並沒有替鑽石拋光的技術。鑽石屬於極堅硬的物質，難以加工。

而且未加工的鑽石說來並沒有多美。

實際上，在我投胎前的世界亦然，切割鑽石的技術尚未確立時，它身為寶石的評價並不高。

如瑪荷所說，主要的用途是應用於工業。

可是，我有能力將鑽石切割成動人的模樣。

完工後的成品會比任何寶石都美，而且與蒂雅相配。

『真想見識完工的模樣呢。然後呢，鑽石以外的寶石要怎麼運用？』

「祖母綠是塔兒朵給我的印象。帶有翡翠色的溫暖光彩，待在身邊就能讓人安心。塔兒朵的存在對我來說正是如此，所以我選了祖母綠。」

祖母綠並非只是外觀美麗的寶石，它具有療癒心靈的效能。

『的確，塔兒朵給人這樣的印象，有她在就會鬆口氣……那麼，藍寶石又如何？』

瑪荷的聲音在顫抖。她似乎相當緊張。

我使壞也該告一段落了。

「藍寶石象徵沉靜而伶俐之美，它的藍能夠醞釀出搖曳迷人的異彩。瑪荷，總是保有冷靜，頭腦又比任何人都靈光的妳如此美麗，我認為藍寶石跟妳十分相配。其實我本來是想當成下次見面時的驚喜……被妳這麼問就不得不說了啊。」

從裝置另一端可以聽見不成聲的聲音。

有一陣子都得不到回應。

她似乎拚命在掩飾湧上的情緒。

『……那個，謝謝哥哥。我衷心期待戒指完成。』

「我要鑄一枚極品。還有，下週或下下週能不能選一天過來這裡？我覺得差不多該向父母介紹妳了。要訂定婚約，就需要這樣的步驟。到時我會將戒指交給妳。」

『我會設法騰出時間的。搭馬車到那裡的話，不知道往返需要幾天，感覺行程不好調整呢。』

「我用飛機過去接妳，一天內可以往返，因此妳空出一整天行程就沒有問題。」

『那樣的話，我會設法空出時間的。我一定會去！』

「期待到時候見面。下次我再協調日期。」

我結束通訊。

這樣啊，原來每種寶石都到手了。

「趁現在將款式定案吧。」

我面對書桌。

執行暗殺之際，利用藝術品商人或設計師面孔討好目標的狀況也不少，我在設計這方面有充分的知識與技術。

設計好的戒指款式必能讓她們展現出十成魅力。

◇

後來經過一個星期，我要的寶石和祕銀都混在歐露娜提供給母親的會員定期福利品當中寄到了。

我帶著這些材料，移動到專為動工而建造的工作室。

「我說妳們倆，製作飾品的過程看了應該也沒什麼樂趣喔。」

「我非常好奇嘛！」

「蒂雅小姐說得對，這讓人好興奮。」

塔兒朵和蒂雅表示想要觀摩，因此我順著她們的意。

首先要加工的是寶石本身。

雖然也有保持原貌就顯得賞心悅目的寶石，但鑽石是加工過後更能發揮光彩。

實際上，鑽石、紅寶石、藍寶石、祖母綠在我投胎前的世界合稱四大寶石。然而，鑽石在這個世界的價值卻非常低落。

至於紫翠玉、藍寶石、祖母綠這三種寶石的價值，只有占整體採掘量不滿百分之三的頂級品才受到認同，其餘百分之九十七的評價都不太理想。

「先來處理藍寶石好了。」

「這並不是頂級品吧。盧各，挑這顆寶石真的好嗎？」

不愧是蒂雅。

她是大貴族的千金，才會對寶石見多識廣。

一眼就看穿我拿到的只是高級品，而非頂級品。

「是啊，不要緊，這立刻就會成為頂級品。」

頂級與高級藍寶石的差異在於色澤濃度，以及內側是否有汙點。

未加工的藍寶石絕大多數顏色都太淡，內側也往往有汙點。可是，色澤夠濃且雜質極少的藍寶石只占整體採掘量的百分之三。

而這次張羅到的寶石顏色淡，並不夠高雅，而且含量雖少但還是有雜質。

這在高級品當中已屬極為接近頂級的貨色，真虧瑪荷能在倉促間購得。

即使如此，直接把這配戴於身上的話，在貴族社會應該會被當成買不起好貨的窮酸貴族而被人看扁吧。

但是，高級品經過加工也能蛻變成頂級品。

「【精密火炎】。」

這是我為了針對單點而改良的炎魔法。

就以這種火焰進行加熱處理。

藍寶石經一千六百度的超高溫加熱，即可引發化學反應。

透過這樣的化學反應，色澤將由淡變濃，還能將內側的汙點去除。

這得細心照料。溫度太低就沒有意義，太高則會糟蹋寶石。想在這個溫度做精密調整，連我都要傷神。

更何況，並不是單純讓色澤變濃就好。

我要讓色澤濃得可以導出藍寶石的伶俐魅力。

收尾用土魔法取巧就完工了。

「怎麼樣，蒂雅？這變成頂級品了吧。」

「嗯，這種高雅的藍色是頂級品。好厲害，簡直像魔法一樣。」

「因為我用了魔法啊……雖然不用魔法也不至於無法辦到。」

那種情況下，需要專業的大規模設備與老練的技術。

「而且這是搖曳生輝的極品藍寶呢，盧各。我首次見識到這麼清晰的搖曳光澤。」

「虧妳曉得。沒錯，這種藍是搖曳生輝的藍。」

而且，我講究的還有另一點。

藍寶石之美並非只來自它的藍色光澤。

位於藍寶石當中的絲狀內含物看起來就像絲綢一樣，會讓藍色光澤隨之搖曳。

藍寶石被分作頂級品的條件不僅顏色要濃，還要藍得搖曳生輝。

一般只要經過加熱處理，絲狀內含物便會消失。因為絲狀內含物的成分只是細如針的金紅石，遇到高熱就會融化。

因此，在我投胎前的世界也會把無需加熱處理，於天然狀態下呈濃豔藍色且沒有汙點的貨色稱為真品藍寶石，定價高達好幾倍。

即使有科學技術，唯獨搖曳生輝的藍無法靠人工製造。因此真品藍寶石極其稀有，本身在市場上鮮少流通。

然而，我可以用魔法取巧，只要在加熱處理後用魔法把金紅石加進成分當中即可。這靠科學技術不可能辦到。

「好迷人的色澤。蒂雅小姐，原來這就是藍寶石。」

「對呀，塔兒朵。不過，它可不是普通藍寶石喔。畢竟連我都沒看過這麼出色的藍寶石，比公主配戴的珠寶還要華美呢。」

「這跟天然物不同，是我施以完美的加工才成了絕品。」

天然物與加工品的差異，就是後者能製作成理想的樣態。

由於原本色澤偏淡，才能靠著加深濃度呈現出理想的藍色，我便按照盤算創造出了搖曳生輝的藍。

只要有技術，加工品就可以凌駕天然物。這顆藍寶石將是世上最具丰采的藍寶石，無庸置疑。

「藍寶石到此完工，接下來換鑽石。這很危險，妳們別靠近。」

我唱誦新的魔法。

從指尖迸出了約十公分的水柱將其固定。這道水柱一邊將粉末送入，一邊進行超高速循環。

「可以向你討教這種魔法嗎？」

「這招叫【水刃】，在超高壓水流當中摻入了鑽石粉末令其循環，靠著水壓與鑽石的硬度可以輕易切割開任何名劍。我想到了……麻煩妳把擱在工作室角落的槍械失敗作朝我這裡扔過來。」

「呃，好的。」

蒂雅把槍扔了過來。

其材質是以鐵為主的合金，我當場在半空中將其斬斷。

鐵塊像奶油一樣毫無阻力地被斬斷的超現實光景。

「鋒利度夠驚人吧。」

「那太過頭了啦，盧各。」

「不用這種等級的魔法就無法加工鑽石。既然得不到比鑽石更堅硬的金屬，要加工鑽石就得用鑽石。」

極為合理的判斷。我立刻著手動工。

眼前有顆上乘的鑽石。

我用【水刃】連連砍向在這個世界被視為二流寶石的它。

這招【水刃】就連硬度最高的鑽石都能切開。

「盧各少爺的手法好俐落。」

「都看不見他的手了呢，到底砍了幾十次啊？」

我在極限專注的狀態下動了好幾十刀。

於是，總算完工了。

在多種切割方式當中……我選了最具名氣且主流的明亮型圓鑽來完成。提到鑽石，任誰最先想到的都是這副模樣。

人類為了讓鑽石展現出最美的面貌，努力好幾百年才抵達的集大成型態。

我認為這是屬於它的完美終點。

實際上，好幾百年來都沒有比這更美的切割方式問世。

把如此的產物帶來這個世界可說是犯規，不過為了蒂雅，我大可犯規。

「大功告成。」

「不會吧，這竟然是鑽石，難以置信耶。」

「好美，我迷上它的模樣了。」

鑽石的魅力讓兩名少女為之著迷。

「這就是鑽石的真正魅力。保持原貌的話，鑽石就不會散發光彩，可是，藉著切割的手法便能展現這等光輝。」

鑽石從切割法問世以後便君臨為寶石之王，其美感並非虛傳，連這個世界的居民都會在一瞬間受其吸引。

寶石的價值與美感不是只取決於外觀，人們會連著市場定出的價格、稀有性等標籤來看待它。

鑽石在這個世界的價值未獲得認同，就沒有那樣的標籤存在。即使如此，這顆鑽石具備的美感仍足以讓人們將那些常識甩到天邊。

「……實在累人。加熱藍寶石與切割鑽石都格外費神經，祖母綠等我休息以後再來動工吧。」

兩者都是難度非常高的細活。

稍有失手就會讓寶石的魅力遭受致命損害。

「盧各，我想了一下，假如把這顆鑽石拿去賣，會不會開出驚人的價格呢？畢竟它這麼美。明明如此，鑽石在市場的評價卻偏低，進貨價格非常便宜，我覺得這當中很有商機。」

「蒂雅小姐說得對，我第一次看到這麼棒的寶石。我覺得，貴族與有錢人絕對都會想要的。」

我露出苦笑。

「應該吧，把鑽石當成商品的話，歐露娜就能稱霸寶石業界。」

我看得見這樣的未來。

實際上，在我們的世界掌有鑽石經銷權的寶石商就支配了業界。

鑽石就是如此的存在。

「聽你的語氣似乎沒有意願呢。明明對歐露娜的客層來說正合適。」

「假如我只考慮行商，是應該那麼做，但我希望妳是唯一能配戴鑽石的人，蒂雅。哪怕公主來求我，我也不會為她製作。」

在這個世界，僅有蒂雅將鑽石的光彩配戴於身。

當然，將來恐怕會有其他人取得切割鑽石的技術，不過在那之前，這份光彩都會由蒂雅獨自享有。

這就是我的心願。

「……盧各，你偶爾會說出好做作的話耶。」

「妳討厭這樣嗎？」

「不會，你最棒了！」

蒂雅朝我抱過來。我付出的心力值得了。

那就來完成剩下的工程吧。然後，我要鑄出最好的戒指。

Episode6

第六話 暗殺者宣布

The world's best assassin, to reincarnate in a different world aristocrat

後來我對第三顆寶石，也就是祖母綠做了加工。

祖母綠也跟鑽石、藍寶石一樣，屬於加以修飾就會變美的寶石。

我在浸注處理後將其切割。

如此一來，祖母綠就會從綠色轉為翡翠色，變成跟塔兒朵相配，具有溫柔婉約之美的寶石。

接著，終於來到最後一顆寶石了。我拿出為母親準備的紫翠玉。

在陽光下會散發綠中帶藍的光彩，用蠟燭或燈一照則會變成穩重的紅色，具兩種面孔的迷人寶石。

天然的紫翠玉盡是不會變色或色澤暗沉的貨色，即使看起來色彩鮮豔，幾乎也都有變色前或變色後色澤較差的瑕疵。

若能找到會變色，且變色前後都一樣美的紫翠玉，便是十足珍貴的夢幻珍品了。那甚至不會在市場上流通，有國寶級的價值。

然而，我就有辦法用加工的方式讓綠與紅的色澤轉變清楚呈現出來，同時在變化前後都保有一樣的美感。

（這部分只能仰賴魔法了。）

憑科學無能為力。精確來說，假如要用科學設法，需要相當大費周章的精密儀器。連我投胎前的科技水準都只有聲稱理論上能辦到。

可是，這裡有操控寶石成分的魔法存在。

我會選擇紫翠玉，是因為它象徵著安寧以及熱情。我覺得這跟平時總是靜靜地帶著微笑，內心卻堅毅不拔的母親十分相配。

雖然費了我一番工夫，還是按照期望完工了。

「這樣寶石就加工完畢了。接下來我要用寶石與祕銀製作首飾與戒指……所以說，麻煩妳們該出去了。」

「咦咦咦咦，我還想觀摩耶。」

「少爺，我很好奇製作首飾與戒指的過程。」

「讓妳們看見的話，收到時就沒有驚喜了吧。之後的成品，妳們可以好好期待。」

我不由分說地趕走她們。

接下來才是重頭戲。

最棒的寶石不過是原料而已。

能否發揮寶石的價值端看款式設計。

所幸無論在前世或這裡，一等一的珠寶飾品都已經讓我看到膩了。

我會以那些為範本，靠賞玩磨練出來的品味製作與她們相襯的成品。

◇

鑄造首飾與戒指經過了整整一天。

蒂雅和塔兒朵從早上就顯得坐立不安。

目前我正在用晚餐，卻有好幾次都感受到來自她們的視線。

我製作的戒指似乎讓她們好奇得不得了。

東西在昨天之內就已經完成收工，但我刻意不交給她們。

將戒指交給她們的日子早就定好了。

晚餐正好用完，我便拋出話題。

「媽，我有禮物想要送妳。家裡有喜，我都還沒奉上心意吧。」

話說完，我拿出首飾。

散發著紫翠玉光彩的首飾。

綠中帶藍的寶石，只有被蠟燭照亮時會變紅。

父親的眉頭抽了一抽。他看得出其中價值才會受驚。

「哇，好漂亮的首飾……！不過，感覺很昂貴呢。小盧，我感謝你有這份心，但是讓你破費就心疼了。」

「那並沒有多昂貴啊。」

「你騙人。這點看東西的眼光，我還是有的。祈安，這件首飾大概值多少？」

母親認為我在說謊，就把話題丟給了父親。

真不愧是母親，實在難纏。

「嗯，用上祕銀的美麗銀飾雕工細緻且有品味，即使以頂級一詞仍不足以形容其品質的紫翠玉，而且還重達五克拉。艾思麗，之前陵格蘭伯爵邀我們參加過茶會，妳還記得他那座宅第嗎？」

「記得，那是一座十分華美氣派的豪邸。」

「妳這件首飾的價值足夠輕鬆買下他的宅第。不，為其定價根本是荒唐的行為，這並不是有錢就能買到的貨色。」

母親似乎沒有設想到這個地步，難免震驚地睜大了眼睛。

「我不能收這樣的東西！立刻退回給商家。小盧，這些錢應該用在你自己身上！」

我就知道母親會這麼說。

所以，我也想好了要怎麼回話。

「請放心，這是我親手做的，開銷並沒有那麼可觀。我只是將高級品寶石加工成美觀的模樣，銀飾也是我親手製作的。」

即使並非頂級品，那仍有一定的價值，但是從我的收入來想並沒有多破費。

「真的嗎？」

「是啊，我說真的，所以請收下吧。這是我為了媽才努力製作的，被退還的話可就難受了。」

「唔唔唔，小盧好詐。聽你這麼說以後，我不就只能收下了嗎？」

母親口頭上是這麼埋怨，嘴角卻笑吟吟的。

「謝謝你，我會好好愛惜。」

話說完，她戴上首飾。

非常合適。這樣母親在社交界就不會再被別人說閒話了吧。即使她不介意，我還是討厭自己敬愛的母親被人說三道四。

……這難保不會被說成戀母情結，因此我不會跟人提起。

而蒂雅的聲音傳到我的耳邊。

她正用魔力發出只有我能聽見的聲音。

「那顆紫翠玉的尺寸，原本應該更大一點吧？」

蒂雅說得正確。我在預算內買到了尺寸相當大的貨色，當寶石完成加工以後又大了一圈。

「要做成首飾的話嫌太大，所以我切割過了。寶石太大會顯得俗氣，對母親來說，這樣的尺寸最合適。」

「是這樣沒錯啦，你動手真的很果決耶……換成我就會覺得可惜而猶豫。」

貴族之間有寶石尺寸越大越好的信仰存在，至今仍屬於主流思維，寶石的市場價格也就按著尺寸呈指數性增長。將其切割以縮減尺寸實非正常人會有的行為。

可是，這種風潮正在逐漸轉變。

觀念先進的人已經開始拋棄寶石越大越好的信仰，轉而將眼光放在設計性與整體均衡感。

而母親也屬於信任自我美感，而非遵從常識的類型。

正因如此，我才製作了自己相信是最美的首飾。

「怎麼樣，你覺得合適嗎？」

母親害羞地看了我。

「和我想的一樣，非常合適。」

「真令人高興。呵呵，祈安，請你也告訴我感想。」

「很美……只不過，我有些吃味。」

父親難得擺了苦瓜臉。

母親一臉愣愣地不得其解，父親見狀就接著說下去。

「我有兩點吃味。以往我苦苦相勸，艾思麗始終沒有收過結婚戒指以外的珠寶，這次她卻收下了首飾。」

「哎呀呀，我真是的。對不起，小盧親手製作了首飾，我總不能回絕他啊。祈安，這不代表我不愛你喔。你提到有兩點，意思是還有別的事情讓你吃味？」

「嗯。艾思麗，盧各不時就會送些禮物給妳，我卻沒有收到過……對此，我是覺得有一點落寞。」

說來還真是這樣。

因為母親滿常提到自己想要這個、想要那個，我就會送她禮物。

之前她也表示想再嚐嚐巧克力，我就幫忙做了安排；再之前則說到想吃鹿肉料理，我就去打獵帶了肉回來。

但是，父親不曾提過這一類要求，我便不記得自己有送他什麼禮物。

「呃，爸，對不起。用這個孝敬你覺得怎樣？」

我遞出收在內袋的短刀。

我都會隨身攜帶幾柄短刀。即刻擲出的匕首型；為了偷襲而藏在鞋子或衣襬的暗器型；當成主手武器的一般型，總共有這三種。

匕首型屬於消耗品，因此我是用魔法製造的簡便產物；暗器型則是重視巧妙隱藏的形式甚於性能。

從這方面來講，當成主手武器的一般型就是拿魔法製造出的產物進一步加工，具有充分的性能。

魔法製造的產物屬於一體成形，構造極為單純。假如要認真做一柄好刀，就非得將魔法製造的好幾種金屬組裝在一起。

一般型是我的主武裝，因此也就集結了技術的精華。

用這個孝敬父親，理應能滿足他的眼光。

父親微微苦笑後收下短刀。

只追求性能的結果就是毫無裝飾，拿在貴族手裡顯得過於粗獷。可是，由父親來使便能理解其價值。

「嗯，十分出色的禮物。謝謝你了，盧各。抱歉用了像在催促你的口氣。」

「不，我也一直想著要回報父親的恩情。」

這是真的。

有父親的教誨才有現在的我。

能生在圖哈德家，不，能在這對父母身邊出生是我人生最大的幸運。

「那麼，我就不客氣地收下了。我也會準備東西回贈你。」

父親說是這麼說，從剛才的語氣聽起來應該事先就有所準備吧。

而且，父親一直在守候拿出來的機會，還認為這次的事情可以當藉口。

「呵呵呵，有小盧這麼棒的兒子好幸福。」

「是啊。盧各確實長成了好孩子。」

父母露出微笑，倒了酒乾杯。

我有些難為情。

「不過，我有一件事非得提醒小盧。像這種禮物，你應該優先送給蒂雅或者塔兒朵喔。就算送禮的對象是母親，女生還是免不了要吃醋的。」

母親說了聲「壞壞」，朝我指過來。

恐怖的是她的年齡還適合做這種動作。

「這不用媽擔心，我都有想到。蒂雅和塔兒朵……還有之前我跟你們提過的瑪荷，她們三人的訂婚戒指都準備好了。」

「哎呀呀，那你要趕緊送她們才行。」

「我明白。但是，既然要與她們三人訂婚，我希望能同時送出戒指。然後，時間若訂在下週，瑪荷就能過來。我打算在家裡辦一場紀念訂婚的宴會，希望能藉此讓身邊眾人都得知貴族盧各．圖哈德訂婚之事。」

貴族訂婚有其特殊的意義。

以往我都是口頭表示自己與蒂雅、塔兒朵以及瑪荷有那層關係。

普通人的話這樣就夠了，但貴族有義務公告周知，否則訂婚便無法成立。

而且，一旦公告周知就不能反悔。

假如有人要取消婚約，那可會成為笑柄。

「我同意。再來就要看……」

母親望向父親的臉。

圖哈德當家之主的判斷重於一切。

如果我敢違逆，就非得從圖哈德家出走。

普通貴族要與蒂雅等人訂婚絕無可能。

因為這樁婚事沒有多大的政治利益。

尤其圖哈德家有靠醫術建立起來的名聲，如今我又有聖騎士頭銜與打倒魔族的實際成績，只要我有意願，無論地位再高的貴族都攀得上。

「我知道了，就這樣安排吧。盧各，既然你是以自己的意志做出了決定，我便不會反對。」

「感謝你，爸爸。」

「所以，你打算何時成婚？」

「我是希望等我們從學園畢業，觀察過一年左右再成婚。」

在那之前，我一定會拯救這個世界。

我懷著如此的決心開了口。

我們結為連理則是那之後的事。

「那好……孩子是會在轉眼間就長大成人的，沒想到當年還小的盧各說出了這樣的話。名叫瑪荷的那女孩過來的日子若決定好就告訴我，這比任何事務都要優先。」

「我明白了。」

如此一來，家裡這邊就過關了。

對了，蒂雅跟塔兒朵從剛才就好安靜。

這件事也跟她們倆有關，我倒以為她們會有些反應……

「唔唔唔！盧各，你這樣太突然了。」

「啊哇哇哇哇，不、不得了～～」

這兩個人都滿臉通紅地僵掉了。

看來事先跟她們說一聲會比較好。

總之，我要舉辦訂婚宴會。

活動應該要找有交情的貴族出席，拿出盛大隆重的排場，然而父親、母親還有蒂雅她們都不太喜歡這樣。

所以就辦一個只有親人參加，但氣氛溫馨歡樂的宴會吧。

然後，我要把誠心誠意鑄好的戒指交給她們。

Episode7

第七話 暗殺者設宴

The world's best assassin, to reincarnate in a different world aristocrat

從我宣布訂婚並與各地聯絡後過了幾天。

有馬車抵達宅第前面，我收下貨品和信函。

我迅速逐件驗收送到的貨。

內容物幾乎都是食品。

我打算盛大舉行明天的訂婚宴會，不惜重金採購了各路好貨。

尤其吸睛的是大蝦。

蝦非常容易腐壞，在圖哈德這樣的內陸地方鮮少看見。

這次我僱了具備魔力者，將剛撈到的鮮蝦連同海水一起冷凍，再與木屑一塊裝箱，還要求貨品在運送途中需定期冰鎮。

用這套做法，只要留意解凍的方式，就算在圖哈德領也能享用到不遜於現撈海產的滋味。

由於我僱用這批具備魔力者長達好幾天，開銷相當可觀。

即使如此，蝦是蒂雅愛吃的食物，這筆錢值得我花。

（嗯，全是最好的食材。）

收到貨以後，我也順便將信從這裡寄出。

給法蘭多路德伯爵的信。

法蘭多路德伯爵協助過想讓我含冤受屈的貴族，是原本在法庭上有意作偽證的一名男子。

為了逼伯爵協助我抗告，我曾換上女裝以「露」的身分引誘他。

我用了所謂的美人計。以暗殺者而言算是挺普遍的手法。

在利用完法蘭多路德伯爵以後就盡快將他暗殺，固然最輕鬆省事。

然而，我已經決定不做無謂的殺戮，他也奉獻過助力了，所以我選擇用和平的手段來解決這件事。

正因如此，我費了許多工夫想將這件事安然收尾。

先跟伯爵保持距離，在信件往返之間讓對方感受到彼此觀念相左，澆熄他對於這段戀愛的熱情，雙方的關係自然會漸行漸遠。

與其明確地拒絕伯爵，讓他隱約體認到彼此合不來更容易成為感情降溫的原因。

（明明如此……）

我看著準備寄出的信，內心不由得感到洩氣。

法蘭多路德伯爵跟我已經透過信件互動好幾次了，可是他灌注在信裡的熱情沒有衰退。

我寫的任何字句都會被伯爵在腦裡轉換成中聽的話，使他對露的情意日漸加深。之前我太低估這傢伙了。

法蘭多路德伯爵是個用情深厚的人……並沒有這回事。他比我想像中更蠢。

他只看得見露理想的那一面，才會連寫信互動時出現觀念相左的狀況都渾然不覺。他看在眼裡的並不是露，而是只存在於自己腦中的理想女性。

「這可不妙。」

或許有必要對他下一劑猛藥。要再扮成露的模樣可令人吃不消，但是狀況也不容許嫌東嫌西了。

最糟的情況下，可以想見法蘭多路德伯爵會主動去拜訪那位被我假冒姓名與身分的貴族千金。那樣的話，各種謊言都會被揭穿，到時候就麻煩了。

與其走到那一步，我還不如扮回露的模樣逼那個傻子正視現實。

「嗯？這個包裹是什麼？」

當我正在檢查收到的貨品時，就發現難得有寄給塔兒朵和蒂雅的包裹，寄件人則是瑪荷。

東西經過包裝，尺寸還挺大。從重量來推想大概是衣服吧？

我煩惱著要不要拆開，便聽見腳步聲而轉頭看去。

理應正在接受父親訓練的塔兒朵氣喘吁吁地跑過來了。

而且，她從我手裡搶走包裹，還捧在胸前。

「……少爺看見裡面裝的東西了嗎？」

「不，我沒有打開來看。」

「太好了。驚險趕上。」

塔兒朵仍穿著訓練服。

她察覺馬車抵達才急忙趕過來的吧。

雖然我好奇那是什麼，但我刻意不過問。

假如問了，塔兒朵就肯告訴我，她應該也不至於這麼粗魯。

倒不如說，真虧我那嚴格的父親願意讓她在訓練中途離開。

「妳跟父親訓練得怎麼樣了？」

為了假裝不在意，我刻意改換話題。

「老爺的教導讓我獲益良多。雖然跟少爺的暗殺術（做法）有類似的地方，卻又有點不同，很有意思。我還向老爺學到了新的招式！」

塔兒朵的教育一直是由我負責，但今天破例。

這是圖哈德流的新娘修行。我想起母親以前曾經抱怨過。她剛嫁來時就受過這樣的洗禮，還跟我透露修行內容簡直要人命。

對暗殺者來說，至親有可能成為最大的弱點。既然如此，嫁進圖哈德家的女子至少要先學會最基本的護身術，這是我父親的思維。

……不過，他要求的最低門檻高得嚇人就是了。

「是嗎？麻煩妳之後也教我那些招式。」

「包在我身上！還有，少爺後面的是宴會要用的食材嗎？唔哇，好棒。有大蝦呢！」

沒想到居然能在圖哈德領吃到海鮮！」

「我想在宴會上端出各種有趣的菜色。」

「如果我幫忙會打亂少爺的安排，對不對？」

「這次由我一個人來弄，因為我想嚇嚇大家。」

我要小小惡作劇一下。

以往我刻意避免這麼做。

「我會期待的。」

「妳退讓得還真乾脆。」

「這次我跟蒂雅小姐也有準備驚……咳咳，呃，少爺，那我差不多該回去訓練了。之後見！」

塔兒朵跟趕來時一樣匆促地跑回去。

手上還拿著包裹。

無論經過多久，她這種冒失的毛病還是改不了。

◇

我回到自己的房間，讀起跟貨品一同寄來給我的信函。

信有四封。

第一封是瑪荷寄的歐露娜相關報告。上個月的經營狀況與計劃的事業進度都簡潔地歸納在信裡。

魔物的數量增加，導致物流延誤與景氣惡化，有許多商行出現虧損。在這種情況下，歐露娜仍有較去年成長的業績。

話雖如此，化妝品營收出現了自歐露娜成立以來的負成長。這類商品在不景氣時會率先被消費者割捨是在所難免，儘管仍有利潤，數字卻不容樂觀。

迎合軍方安排的新商品彌補了化妝品下滑的營收。

據說在現場極受好評，看來會有長期且大量的訂單。這樣歐露娜就高枕無憂了。

（原本就有勝算……不過，沒想到成績竟會如此漂亮。）

歐露娜迎合軍方推出的是營養飲料。簡單來說，就是富含糖分、咖啡因及維他命的補給品。

前世市面上供應的營養飲料主成分也是這些，此外都算添加物。其功效恰到好處，就算只是暫時性，喝了即可消除疲勞。在這個世界並未出現過類似商品，因此帶來了廣大的迴響。

（第二封信是來自學園啊。）

信中提到修築工程總算結束了，似乎下下週就能恢復授業。

消息本身值得慶幸，有一點卻讓我心煩。

校方準備舉辦典禮褒揚我這次除去地中龍魔族的功勞。

理由我懂。學園一度因魔族而毀，校地危機四伏的印象已被深植於眾人心中。非得有人抹拭這樣的印象。正因如此，校方才要舉辦誅討魔族的豪華慶功宴，同時對內外營造有我在就可以放心的印象。

「這點麻煩事就忍一忍吧。學園本身又不惹我討厭。」

能看蒂雅和塔兒朵穿制服也不錯。

然後，第三封信則是……

「妮曼寄來的啊。比我想像中更早。」

寄信者是妮曼．洛馬林——四大公爵家的千金，而且有意把我納入手裡的女人。

日前，我託父親對外宣布了將與蒂雅她們訂婚的消息。

若有貴族訂婚，就要用制式的文體將細節通知所屬地區的領頭權貴。

接著領頭的權貴就會把消息傳達給底下的低階貴族及中央，情報在這個時間點即已流通於貴族社會。

報告乃是貴族的義務，否則便不算正式訂婚。

這個地區的領頭權貴是艾勒洛許邊境伯，地位再上一層的則是洛馬林公爵家。

消息傳到妮曼耳裡只是時間的問題。

她似乎無意阻擾我訂婚。

反而看得出妮曼對我結婚一事採正面的態度，信裡更寫到她明白我不是同性戀者就放心了，還不忘附上賀詞。

恐怖的是，她最後有寫到娶三個妻子跟娶四個差不了多少，但我想短期內應該不會另生枝節。

還有第四封信。

「煩歸煩……總還是要收到這種信的吧。」

是地區的領頭權貴——艾勒洛許邊境伯寄來的信。

簡單說，信裡的內容就是要我舉辦訂婚宴會，並且邀請包含他在內的鄰近貴族以及中央大人物聚首參加。雖然對方用了忠告這種字眼，形式上幾乎與命令無異。

還有另一封信是他寄給父親的，我猜內容也相同。

訂婚之際的規矩是向領頭權貴報告就好。這樣婚約便能成立。

然而，有鑑於貴族的一般常識，倘若家中的繼承人成婚，如他所說是要宴請深交的貴族到場才對。

我寫信回覆對方。

信的主旨在於斷然拒絕。

我也懂得常識。

但是要宴請沒什麼交情的貴族，我可受不了。

那只會勞師動眾，要讓蒂雅她們被什麼都不懂的人用庸俗的眼光打量，更讓我難以忍受。

艾勒洛許邊境伯懷的居心打從一開始就明顯可見。

被任命為聖騎士的我召開訂婚宴會，中央的大人物自會聚集而來，這將是艾勒洛許邊境伯跟中央攀關係的大好機會。

更進一步來說，到時他八成會在雞蛋裡挑骨頭，用吹毛求疵的方式愚弄人，以便給身為低階貴族卻廣受矚目的圖哈德家一個下馬威。

誰想陪他演那種猴戲啊。

那些傢伙喜歡在貴族社會跟人爭破頭或者耍權術，大可自己去玩。

信寫完以後，我便交代傭人寄出。

「這樣就行啦。差不多該來為宴席上的菜備料了。」

明天我得去接瑪荷過來。

趁今天把可以先處理的食材全部搞定吧。

◇

隔天，我用了飛機接瑪荷過來。

降落後，我讓瑪荷下機，她便帶著蒼白的臉色跪到地上。

瑪荷捂著嘴似乎是在忍耐反胃感。

塔兒朵和蒂雅第一次飛行並沒有多吃苦頭就適應了，那只是因為她們倆異於常人，一般都會像瑪荷這樣。

「妳還好吧？」

「……感覺非常難受，不過沒問題。之前是有聽哥哥提過，但飛機的性能超出了我的想像呢。能夠量產的話，物流業界將掀起革命。以往搭馬車出門談生意要好幾天的車程，坐飛機就成了笑話一場。」

「量產應該有困難。只是順風滑翔也就罷了，要像這樣從一座城鎮飛到另一座城鎮需要相當的魔力量與魔力操控技術。」

「這我曉得，但是我無論如何都想要。如果可以將通訊網公諸於世是最好，卻又不能這麼做……」

通訊網一旦普及，談生意根本就不需要親自到其他城鎮。

然而，這是機密中的機密。它的價值在這個世界無從估計，肯為了把東西搶到手不惜一戰的國家多得我用雙手指頭數不完。

正因如此，談生意才要特地聘請費用高昂的護衛，搭乘慢吞吞的馬車花上好幾天，久的時候搞不好得浪費一個月車程。

「瑪荷，我能理解妳想要飛機的心情。有飛機的話，費時好幾天的旅程只要幾小時就能了事。如此一來，排行程應該會更有餘裕。」

「是啊，沒有錯。浪費時間移動，讓生意受到了莫大的限制。」

對忙碌的經營者來說，時間比什麼都寶貴。

一整年都在全世界奔波的瑪荷就更不用說了。

問題是瑪荷的魔力量在中等之下，魔力操控技術則高於塔兒朵，其天分就我所知算得上數一數二……某方面而言，這倒是挺有瑪荷的風格。

「我稍微規劃一下好了。裝上琺爾石改成充電式，接著再刻印術式，讓起風的魔法自動生效，這樣就可以造出連妳也能駕駛的飛機。我會試著把機體製作出來。」

將神器剖析過後，我已經創出將術式刻印在物質上的手法，但這次的術式需要相當縝密的操控，感覺會折騰好一陣子。

即使如此，只要是為了瑪荷，我願意花這點心血。

因為瑪荷為我所做的努力是這點心血的好幾倍。

「我好高興。真期待哥哥把東西完成！」

瑪荷露出微笑。

能看見這副笑容，我努力就是值得的了。

◇

之後，我便在宴會開始前做好菜餚，並送到定為會場的宴會廳。

雖然很少用到，圖哈德家也有這樣的大廳。

我吩咐過時間還沒到就不能讓任何人踏進宴會廳。

剛抵達這裡的瑪荷也在塔兒朵的房間等著宴會開始。

「勉強在講好的時間之前布置完成了。」

我環視宴會場地。

成果令人滿意。

裝飾合我的喜好，取餐採自助形式。

菜餚都盛在大盤子裡，還下了工夫將溫熱的菜餚連同盤子一起隔水加熱，以免食物冷掉。

飯店一類的場所就是用這種方式供餐。食物沒有直接用火加熱就不會燒焦或煮得太乾，動力是用發熱的琺爾石，泡在熱水裡面。

冷菜則是反過來用冰塊冰鎮。

陳列出來的菜色中，有一半是稱得上家常味的家庭料理。奶油濃湯、烤雉雞、蒂雅愛吃的焗烤、鹽烤盧南鱒、在圖哈德領採收的蔬果沙拉、大豆麵包等等。

至於另外一半，則一律是奢侈奇特的菜色。

比方說蒲燒鰻魚。圖哈德領並沒有鰻魚，但是在南方城鎮食用鰻魚的風氣正盛。

我採購了活生生的鰻魚，塗抹的醬料是用魚醬代替醬油，甜味則來自蜂蜜與紅酒，再加入奶油添增香醇度，並且在炭火上燒烤。成品可以稱作西式蒲燒，但是這樣會比較合大家的口味。這個世界的常識是用燉煮的方式調理鰻魚，他們嚐到蒲燒風味免不了要大吃一驚吧。

肉類方面，我從王都買了專為食用所飼育的人氣高級牛肉來做兩道菜。

第一道是運用低溫調理技術製作的頂級烤牛肉。

第二道則是用了臉頰肉與尾巴這類膠質豐富的部位，以特調多蜜醬煮得香濃入味的燉牛肉。

兩道菜都是我的自信之作。

海鮮方面，有費盡苦心運來家裡的龍蝦。這同樣分成兩道菜，一道是薄切生龍蝦；另一道則是熟度控制在半熟，將蝦肉甜味發揮到極致的炸龍蝦。

然後，甜點我用上大量的巧克力，烤出了最得我喜愛且負有巧克力蛋糕之王美名的蛋糕。

這些都是我運用前世的知識做的，在這個世界沒有人吃過這樣的大餐。

我與父母平時都不奢侈。

但是，這不代表我討厭奢侈。

至少像這種場合，我們大可盡情享用美食，何況我也有準備家常菜，要是對奢侈的菜式感到膩味就可以相互調劑。

我一向認為餐點在宴會上非常要緊。

光是嚐到美食就能讓人心情大好，對其他的一切樂在其中。

正因如此，我在這方面豁出了全力。

「差不多是時候了。」

看向時鐘，宴會開始的時刻已至。

父親與母親率先到場。

他們倆都做了外出的打扮，母親頸邊有我送的紫翠玉首飾，跟她十分相配。

我稱讚母親，她就難為情地害羞了。

接著，與我訂婚的三個人來到宴會廳。

「好漂亮。」

一瞬間，我不禁看得出神。

她們三個各穿著我沒看過的禮服。

原來如此，瑪荷寄來給蒂雅和塔兒朵的包裹是禮服啊。難怪塔兒朵會拚命藏。

「哼哼，平時都是盧各準備驚喜嚇我們，這次換我們嚇你了。」

「盧各少爺，請問我穿這樣合適嗎？」

「哥哥真是幸福呢，能跟這樣的三個美少女訂婚。」

我露出微笑。

確實如此。

她們三個都好美。

肯定是瑪荷幫忙挑的吧，三個人穿的禮服各自烘托出本身的魅力。

即使快一秒也好，當下我想盡快看到她們三個戴上我鑄的戒指是什麼模樣。

「……敗給妳們了呢。來，三個人都到會場中央。這場宴會可以開始了，慶祝我們訂婚。」

美麗的未婚妻們、慈祥的父母，還有豐盛大餐。
今天肯定會是最棒的一天。
打開紅酒，準備好乾杯。
來吧，這場宴會可以就此開始了。

Episode8

第八話　暗殺者立誓

The world's best assassin, to reincarnate in a different world aristocrat

訂婚宴會終於開始。

為了方便眾人交談，我刻意採用立食形式，宴會廳中央準備了三張可以站著用餐的酒吧式小餐桌。

另外，各樣菜餚都擺在牆際。

旨在讓參加者取用喜歡的菜，然後各自找伴在酒吧式餐桌旁一邊聊天一邊用餐。

「各位，請先拿喜歡的菜，之後我們再來乾杯。」

「哦，好多種菜色讓人看得眼花撩亂呢。啊，有焗烤，這道菜是裝在蟹殼裡耶，好可愛。盧各，謝謝你替我準備愛吃的菜色。」

要將焗烤分給大家，難免會讓整道菜的外觀變得亂七八糟。

我不喜歡那樣，就把餡料塞在小蟹殼裡，連殼帶料放進烤箱烘烤。

當然，蟹肉被我當成了配料，蟹膏則摻在醬汁裡，烤出的蟹肉焗烤成了絕頂美味，兼顧到外觀與味道。

「少爺做的每道菜看起來都很美味，讓我好猶豫要吃什麼。」

「好久沒吃哥哥的料理了呢。對我來說這是最棒的大餐。」

「祈安，這看起來非常美味呢。」

「妳說得是。我們也取餐吧。」

明明只有六個人卻舉辦這種形式的宴會，是因為父母表示想跟我的三個未婚妻個別好好談一談。

若是就座用餐的宴會，大家會頻頻換位子，沒辦法盡興。

蒂雅從以前就提過想跟瑪荷對談，與瑪荷在過去交情就相當好的塔兒朵應該也積了許多話想聊吧。

『話說回來，她們真美。』

我重新望向蒂雅她們。

瑪荷準備的禮服，每一件都合適。

蒂雅的禮服以白色為主，又處處有荷葉邊點綴，宛如嬌憐可人的妖精。

塔兒朵的禮服是在胸口大膽鏤空的橙黃色輕盈禮服。黃裡透紅的色澤很切合塔兒朵的溫暖形象，而且撩人。

瑪荷則是穿穩重的紫色禮服，整體剪裁簡潔俐落。腿旁邊開了衩，既漂亮又瀟灑，還能感受到妖豔氣息。

每套都是一流裁縫用最好的布料製作的尖端作品。

虧她能在這麼短的期間內準備好。

「看來大家都取好餐點了，乾杯前請讓我簡單致詞。首先，蒂雅、塔兒朵、瑪荷，謝謝妳們的青睞。妳們全都貌美可愛又有才華，要挑男人多得是選擇，很高興妳們幾個選了我。選我並沒有錯，我希望在往後的人生路上證明這一點。」

我討厭謙虛。

「像我如此」、「我這種人」、「扶不起的我」。

這類自謙詞都屬於俗套，但是講了就形同嫌她們選我並沒有眼光。我絕對不會把這掛在嘴上。

所以我才會斷言她們選我並沒有錯。

我有抬高門檻的自覺。然而，我若是無法達成的男人，就沒資格與她們結為連理。

「我會讓妳們看到幸福。可是，我有一件事要麻煩妳們，請妳們也讓我幸福。只要我們能努力讓彼此幸福，就能創造出比我獨自奮鬥更好的未來……像父親與母親一樣。我呢，希望能建立一個像父母這樣溫暖的家庭。」

投胎前的我，純粹是個用於殺人的道具。

過去的我對生命的寶貴、溫暖一類只能當成知識來理解。

至於愛戀情感，我原本以為那不過是為了讓殺人過程更加順遂的戲碼之一。我曾經跟數不清的對象低聲訴愛，肉體交合的次數也數都數不清，但每次都是空洞的。
出生在圖哈德家，獲得父母投注的親情，才讓我實際體會到愛戀為何物，而非徒具知識。
是父母讓我從道具變成了人類。
我對此感謝，同時也懷有憧憬。
「當然嘍，盧各。只有我們得到你給的幸福，那可不行。」
「我是屬於少爺的人。一直以來我都是為了少爺而活，從今以後也不會變！」
「我的心意跟塔兒朵一樣，但是往後我會稍微減少自我克制，這點要先告訴你。」
很好的答覆。
心頭熱了起來。我能在這種場合感到雀躍而沒有不安，肯定是因為她們對我來說是最佳的伴侶吧。
「我就致詞到這裡。大家來乾杯吧。」
所有人各自舉杯。
杯裡裝的酒是圖哈德領生產的地方酒，用楓糖漿釀的貨色。
所謂的楓糖漿僅有冬季的短暫期間能夠採集，從一棵樹能採到的量也很有限。
產量只夠我們的領地消費，唯有此地居民能享受的奢侈。
正因如此，我才在訂婚宴會乾杯之際選了這種酒。

「乾杯。」

酒杯相碰。

大家都帶著笑容。

來吧，宴會就此開始。

◇

宴會開始了。

父母立刻把我的未婚妻們一個一個找去，展開像面談一樣的場面。

最先與父母談話的是瑪荷。

因此，現場分成了我和蒂雅還有塔兒朵一桌，父母與瑪荷一桌。

「呵呵，那麼，我要趕快來吃盧各為我做的焗烤。」

「蒂雅總是這樣呢。」

「在我看來，像盧各那樣把喜歡的東西留到最後才令人無法理解喔。明明肚子餓的時候吃是最美味的。哇啊，這道蟹肉焗烤真美味！」

這部分算是價值觀的差異。餐點吃到最後，我會希望用最喜歡吃的東西來收尾。

「少爺，請問這種鬆軟飽滿的魚肉是什麼魚！我第一次吃到這麼好吃的魚。」

「這是鰻魚。鰻魚用這種吃法最美味。」

菜餚大受好評，現場氣氛熱絡。

她們倆都吃得比平時多。

側眼看向瑪荷，雙方明明是初次見面，她卻跟我的父母相談甚歡。

瑪荷的社交技能實在厲害。

她身為歐露娜的代理代表，跟那些橫行社交界的妖魔鬼怪周旋可不是玩假的。

「瑪荷真是漂亮呢。」

「我羨慕瑪荷小姐，她好成熟，感覺簡直不像同年紀的人。」

瑪荷無論是容貌、舉止、談吐都很美。

那固然有她與生俱來的資質，但是後天的努力占更多。

在這個國家十四歲就算成年了，即使如此，這個歲數的人普遍仍稚氣未脫，瑪荷卻沒有那種感覺。這同樣成了她的武器。

「蒂雅、塔兒朵，雖然妳們沒有到她那種境界，但在外出時也擺得出成熟的身段。偶爾會露出本性倒是個問題……這應該是有沒有從平時就嚴格要求的差別吧。」

她們倆容貌出眾，剩下的癥結在於要如何運用這一點。蒂雅的情況是她身為維科尼伯爵家的千金，已經被灌輸過全套的禮節觀念；塔兒朵經過我的栽培，身為貴族的專屬女傭無論到哪裡都不會令人蒙羞。即使如此，她們還是會掉以輕心。

「沒有身處於那種場合，我難免就會鬆懈嘛。」

「我也是。要像瑪荷小姐一樣二十四小時都維持那種風範，我覺得是一種才能。」

確實是這樣。

……話雖如此，瑪荷在跟我獨處時就會變回單純的少女，這一點可要替她保密。

而瑪荷在這時回來了。

相對地，這次換蒂雅過去那邊。

「歡迎回來，父親他們跟妳說了什麼嗎？」

「他們說哥哥就拜託我關照了。」

「表示妳得到認同了吧。」

「他們從一開始就認同我喔，還說哥哥選擇的女性不會錯。不過，令尊令堂只是想求個寬心而已。所以，我就毫不保留地表達了自己是個什麼樣的人。」

看來我相當受信賴。

「那太好了。」

「是啊，感覺他們人都很好，我也放心了，感覺能相處融洽呢。只不過，這當中有一個問題，我想保住歐露娜，但是，公公和婆婆他們離不開圖哈德領……彼此要住在一起會有困難。」

這倒是。

我們無法拋開圖哈德家的領地。

然後，瑪荷無法拋開歐露娜。

歐露娜做生意的對象是全國上下……不，全世界，但位居中心的仍是穆爾鐸總店。穆爾鐸是國內最大港都，更是情報及物流中心，對商人而言，離開那裡是要命的。

「我會盡量多去見妳。下次要不要我帶爸媽去觀光？」

「……以往我都是那樣就可以忍受，不過跟哥哥成為一對以後還要分居，我會寂寞的。所以呢，我想出了好主意。」

「但我只有不好的預感。」

「我要將歐露娜的總店搬到這裡。」

「把總店搬來這種鄉下地方能做什麼？」

「我想讓圖哈德發達，還要發展得比穆爾鐸更繁榮。這樣一來，即使歐露娜將總店開在這裡也不奇怪吧？」

瑪荷這些話可不得了。

穆爾鐸能發達，地利也占了很大的比重。

位處國家的中心，從任何地區都便於前往。鄰近街道也經過確實修築，再加上那裡有國內最大的港口，運貨卸貨極為輕鬆。正因為這樣，它才能成為情報與物流的中心。

反觀圖哈德領位處亞爾班王國的最西端，別說沒有靠海，連船隻能夠航行的大河川都找不著，陸路交通更得翻山越嶺，在物流方面極為不利。

「將圖哈德領發展成商業都市的想法並不實際吧。」

「我明白。即使如此，我有計畫能夠實現，哥哥可以好好期待。我想，這大概得花十年以上的工夫就是了。」

「意思是目前仍要對我保密？」

「嗯，這樣才有意思啊。」

唉，瑪荷不至於誤事吧。

她不會讓圖哈德領朝我不樂見的方向發展。

當我們討論這些時，蒂雅已經跟我的父母談完並且回來……並沒有，她還去多拿了幾道餐點。

這次蒂雅拿了用龍蝦做的炸蝦。

母親招手要塔兒朵過去，然後蒂雅就回來了。

「唔哇！口感彈牙又鮮甜。而且，這種帶酸味的醬料真是絕品耶。唔唔唔，好幸福喔。」

「……所以，怎麼樣？」

「很好吃啊。」

「我問的是妳跟他們談得怎麼樣。」

「並沒有談到多特別的話題啊。我們只是興高采烈地討論要盡快生小孩，還有雖然我是元配，不過圖哈德家要讓最優秀的孩子來繼承，即使我生的小孩沒被選上也不能有怨言。剛才聊的只是這些理所當然的事情啦。」

「我倒覺得話題還滿沉重的。」

蒂雅能從容應對這些事，可見她是道道地地的貴族。

「家業給最優秀的孩子繼承是當然的啊，而且我認為最優秀的十之八九會是我生的小孩。維科尼家的女子都生得出身強體壯的子嗣，你可以好好期待。盧各，我成為你的妻子以後會努力打拚的喔！」

那並非迷信，而是事實。正因如此，母親身為維科尼家的女子，才會生下我這個圖哈德家的最高傑作，過去被大貴族看上的蒂雅也差點被擄走。

我會以盧各．圖哈德的身分生到世上，是因為女神選了我當天資最高的人子，這點有女神掛保證。洛馬林家早從數百年前就在進行人類品種的改良，能夠生出凌駕於彼的子嗣可說有違常理。

將其實現的就是維科尼家的血統。

據說母親跟蒂雅一樣，也曾經被大貴族看上，是父親用了形同綁架的手法帶她走。

我聽過當時的事蹟，但從父親現在的模樣無法想像他有過那麼熱血又不顧後果的一面，令人訝異。

「妳不用給自己太大的壓力，小孩能健健康康就好。」

無論小孩優秀與否，我都希望能好好珍惜。

「不優秀的小孩我也願意疼愛，但是優秀會比較安全啊。貴族光是活著就夠辛苦的了。為了孩子著想，仍要將他們養得堅強才行。我會嚴格教小孩喔！」

「要拿捏得當啦。」

「嗯～～盧各，可是我覺得你比我更胡來耶，像你在訓練時就跟魔鬼一樣。」

「我可沒有嚴格對待妳喔。」

我只是分析過蒂雅和塔兒朵的肉體，再用最高效率將她們逼迫到瀕臨極限而已。並不會讓她們胡來。

「嗯，盧各，我覺得你保持那樣就好了。啊，塔兒朵回來了。」

塔兒朵回到我們這桌。

「還好吧？」

「是、是的。少爺，我得到了許多嫁貴族為妻需要的建議，比如到社交界會被人指指點點說是平民出身，所以要有心理準備，諸如此類的建議，很能作為參考。」

原來父母談的並非接不接受她這個媳婦，而是對於將來的建議。

我們跟塔兒朵情同家人一樣生活了好幾年，事到如今，父親與母親都用不著測試她才對。

「然後，夫人還跟我提到，少爺屬於拗不過女生的草食系，所以好像要由我主動會比較好。她還說下次會教我厲害的招式，可以讓少爺把持不住自己。」

最後這些話讓塔兒朵說得整張臉都紅了。

……真受不了我那母親。

「……妳不要太放在心上。」

「是，少爺，我會努力的！」

塔兒朵對母親說的那些在意到不行。

這陣子先防著她好了。

我固然不討厭被塔兒朵拐上床，但是我也有所謂的尊嚴。

接著，這次換我被叫去了。

不知道父母究竟想跟我談些什麼。

◇

我移動到父母那一桌。

他們倆都神情嚴肅。父親姑且不提，母親難得會擺出這樣的臉孔。

「盧各，你的未婚妻全是了不起的女性。看來你在欣賞女性這方面也有好眼光。」

「小盧做得好！有這麼乖的女生當媳婦簡直太棒了。」

母親對我豎起大拇指。

「是啊，她們都是乖女生。」

「然而你要娶三個妻子，會吃到不少苦。像我連艾思麗一個人都應付不來了。」

「祈安，這話是什麼意思呢？」

母親擺出了皮笑肉不笑的表情。

「咳！總之，你會遇到許多辛苦的事。」

「我明白。我是抱著要讓她們都幸福的覺悟才決定訂婚的。不管再怎麼辛苦，都比讓她們被其他男人搶走來得好。」

我並不是從最初就打算跟所有人訂婚。

原本我打算在將來選一個對象，即使她們選了其他男人，我也願意支持。

但是，當我明明已經跟蒂雅還有塔兒朵結合以後，在瑪荷被求婚之際，發現她會被搶走還是讓我感受到無比落寞、恐懼及憤怒。

那時候，我便下定了決心。

我不會放掉任何一個人，我要讓她們統統幸福。

像這樣獲得的幸福，我敢篤定無論付出什麼辛勞都值得。

我更做出了覺悟，假如自己要堅持這種任性就非得讓她們幸福，強過世上任何男人能給的幸福。

「器量大是好事，不過話說出口，你就一定要辦到給所有人看。」

「當然，憑我就可以辦到。因為爸媽已經將我養育成有這種能力的強人了。」

「嗚嗚嗚，小盧，你好有擔當。還有，媽媽想盡快看到孫子的臉，請你在那方面也要多多加油！」

「希望媽在那方面稍等一段時間。」

那要等我拯救了世界以後。

她們既是我的情人，同時也是寶貴的戰力。

「小氣。」

母親沒好氣地瞟著我，但這件事我實在無法退讓。

接著，我們討論了往後的事。

父親與母親都笑著。而且在隔壁那一桌，蒂雅她們三個人少了我似乎也一樣聊得很開心。

這樣肯定能過得和樂。

大家都是好人。

為了保住這份幸福，我要努力奮鬥。

訂婚宴會伴隨這樣的覺悟一直持續到半夜。

Episode9

第九話　暗殺者接受委託

The world's best assassin, to reincarnate in a different world aristocrat

訂婚宴會順利結束了。

能讓父母與蒂雅她們都開心，我的努力就有了回報。

在宴會的最後，我獻出了專為她們鑄造的戒指，並且跟大家一起享用壓軸的巧克力蛋糕。

在我前世被封為巧克力蛋糕之王的沙哈蛋糕。為爭奪食譜甚至吵上法庭的那種美味讓所有人都沉醉其中，更有趣的是那使得瑪荷完全露出了生意人的面孔。

然後……

◇

黎明來到的同時，我準備送瑪荷回去。

母親握了瑪荷的手，並且說出送別的話語。

「瑪荷，要是妳能留下來多放鬆一陣子就好了。」

「我也希望這樣，不過，我還有工作。哥哥把歐露娜交給我打理，我不能輕忽他的事業。」

瑪荷露出了有些落寞的臉色。

「嗯，我等你。我覺得有這枚戒指，自己就能繼續奮鬥。」

「瑪荷，我還會過去見妳。」

瑪荷的手指上有藍寶石戒指正散發湛藍光彩。

「到時候我也要跟著去，畢竟我也想再跟瑪荷聊一聊。」

「真令人高興。蒂雅，我正好也希望跟妳多聊聊。」

蒂雅與瑪荷在短短一天內就變要好了。

瑪荷直呼蒂雅的名字而沒有加敬稱便是證據吧。

她們倆似乎談得來，昨天一直交流得相當熱絡。

興趣和性格都不同的兩個人，沒想到相處起來會這麼合拍。

……不，也沒什麼好意外的吧。魔法士與商人，即使走的路不同，她們在各自的領域一樣是行家，當中大概有相通的理念。

「那麼，我走嘍。」

「請少爺路上小心。」

「盧各，我會期待你在回程帶的土產喔。」

就這樣，我從【鶴皮之囊】取出了飛機，隨即起程。

◇

後來經過了一段時日。

有許多麻煩的狀況發生。

我對外宣布訂婚這件事造成了比想像中更大的迴響。

尤其是王室直接命人送來賀禮，讓這一帶的貴族全都對我刮目相看了。

之前我誅討魔族成為英雄，感覺王室已經相當禮遇，但這次的事更具決定性。

所有人都拚命想跟圖哈德家靠攏，甚至連父親都苦笑著表示，一週內自稱跟他是朋友或親戚的人多了十倍。

在亞爾班王國，貴族雖有強大權力，但王室的威望至今尚存。

之後，四大公爵當中有兩家也一樣送禮過來祝賀，使得事情的規模隨之擴大。

於是乎，以往來找我說媒的人已經夠多，這下更是變成前仆後繼了。

用前世的觀念思考，找宣布訂婚的人說媒簡直荒唐，但是這個國家認同一夫多妻，既然我的未婚妻不只一個，其他貴族也就覺得自家女兒有機會。

而我的未婚妻不是貴族這一點又加劇了這波亂象。

簡單說，他們就是希望將受到王室及四大公爵禮遇的我迎為入贅女婿。

（那些擺架子的高階貴族叫我娶他們的女兒當正室，還自認大度地表示可以不跟我計較蒂雅她們的存在，這甚至讓我脾氣都上來了。）

我身為地位較低的男爵，姑且要顧及在上位者的顏面才行，應對起來是很麻煩，但讓我更火大的是那些傢伙在字面上不把蒂雅她們當一回事的態度。

（這些都只要忍到下週就好。）

下週我們將會復學。

如此一來，就可以暫時從這些煩人的雜務獲得解脫了吧。

……唉，八成會有家中授意來追求我的千金小姐出現，然而學園內好歹有學生之間不講身分的經營方針，即使那是形式上的方針，仍是由王室制定出來的。換句話說，我也樂得隨口拒絕那些追求者。

房間裡的通訊機響了。從這個波道來看，是瑪荷。

『哎呀，哥哥今天在房間裡啊。』

「是啊，我放空心思在寫回信拒絕那些來說媒的大隊人馬。」

『看來你那邊也忙壞了呢。』

「妳那邊也是嗎？原來歐露娜也忙壞啦。」

『這還用說。如今歐露娜的代理代表可是年輕英雄盧各・圖哈德的未婚妻喔。』

「那倒是……或許我有點欠缺思考，再晚一點訂婚會不會比較好？」

『沒那回事。哥哥願意表示心意，我非常高興。先不說那些了，定期報告來嘍。目前來說，並沒有發現魔族的動靜。』

「是嗎？謝謝妳。」

最近魔物的活性化看似趨緩了。

正因如此，懷疑魔族是否有什麼企圖的我反而提高了戒心。不過就像瑪荷說的，魔族並無採取行動的跡象。

只是我接到了報告，在別處另有讓人稍感介意的動靜。

……教會那些人似乎有居心不良的企圖。

『不客氣。但是，接下來的定期報告會有些麻煩耶。要將通訊網延伸到學園內部，風險實在非常高。』

「這部分我有構思過不少，幾天內就能設法搞定。」

在學園要設置通訊網的纜線與裝置，會比普通城鎮困難許多。

然而，並非不可能。

『那我就放心了。要是沒有哥哥的聲音可以聽，我可不依。我該掛斷嘍，下次定期報告時再見。』

「好，再麻煩妳。」

通訊就此切斷。

瑪荷那邊似乎也忙壞了。或許我用伊路葛·巴洛魯的身分到商會露個面會比較好。先來評估最具效果的時間點吧。

◇

正如同信裡規劃的期程，學園修建完畢後，總算是恢復授課了。我走下馬車，穿過校門。

今天看到了蒂雅與塔兒朵久違的學園制服裝扮。

學生們似乎大多慶幸能跟朋友再次見面。

「好受矚目喔。」

「畢竟我們在學園關閉的這段期間活躍得很啊，應該說盧各大有表現。」

我們光是走在學園裡，視線就會聚集而來。

儼然成了知名人物。

之所以能聚集到視線，是因為蒂雅和塔兒朵都屬於姿色出眾的美少女，而她們戴在手指上的訂婚戒指亦為原因之一。

從我在訂婚宴會那一天將戒指送給她們以後，除了清洗身體和就寢，她們幾乎隨時戴在手上。

她們倆偶爾會望著戒指發愣，還露出放鬆的表情。目睹她們那樣，連我都會跟著感到幸福。

當然，我的手指上也戴有戒指。我這是沒有附寶石的銀戒，不用說，這並非尋常的銀飾，它是暗藏了各種玄機的特製品。

「我不習慣這種視線。」

「要習慣比較好喔。以後你八成會更受注目。」

「不會有那種事吧。」

「會啦。盧各，我根本沒辦法想像你安分的模樣。」

「塔兒朵，妳幫我說說蒂雅。」

「……啊哈哈，要說的話，我贊成蒂雅小姐的意見。」

沒想到連塔兒朵都這麼說我。

這就是我平日所為換來的評價嗎？

同學們只是遠遠看著我們，似乎沒有人敢過來搭話。

然而，凡事都會有例外。

直到學園暫時停課前，彼此都刻意避免交談的某個同學出現在我們眼前。

她同樣是名人，高我們一個年級的學年榜首。

巨魔魔族來襲之際，遠征中的她不在學園，然而若她當時在場，校方的損失就能少一半。對方正是足以讓全校師生如此信任的人傑。

「盧各．圖哈德，我有事相談。請到我的房間一趟。」

妮曼．洛馬林。

四大公爵家之一，洛馬林家的千金。

以培育優秀人類為最優先的課題，幾百年來靠著撮合優秀血統完成的最高傑作。

「好的，沒問題，妮曼學姊。」

周圍響起吵嚷的刺耳聲音。

……我早聽說妮曼受歡迎的程度不分男女，豈知竟然到這種地步。

妮曼與我同屬名人，這樣的組合讓同學們大感興趣。

以往妮曼跟我在學園裡始終保持互不相干的關係，是因為洛馬林公爵在圖哈德家的暗殺生意裡扮演上司的角色，負責接收並詳查來自王室的委託。

圖哈德家與洛馬林家有聯繫，這層關係不應該攤開。公爵家與男爵家，身分懸殊的兩個人若走得太近，自然會引來猜測，讓人懷疑當中是否有內情。

然而，現在不同。目前的我就算有公爵千金過來親近，也絲毫不會讓人覺得奇怪。

我們倆並肩走到一塊。

妮曼用只有我能聽見的獨特發聲方式搭話。

「多虧你變有名，交派工作方便多了喲。」

「家父有提過……這次委託似乎連洛馬林家的諜報部隊都擔當不起，必須由妳親自轉達，我難免得做心理準備。」

起程到學園之前，父親曾告訴我有暗殺任務要委託。

正常都會由洛馬林家的諜報部隊將暗號加密過的指令書送來。

他們是超一流的諜報員，而且其暗號極為複雜，萬一指令書被奪也斷無可能讓他人解讀出來。

實際上，發給圖哈德家的委託一次都沒有洩漏過。

明明如此，這次妮曼卻表示要在學園的個人房間親自交派任務，某方面看來，就是洛馬林家決定在情資最難外流的地方轉達委託。

「你聽了以後包準會吃驚……畢竟，這可是敢於冒犯神的委託。」

狀況我大致了解了。

被我分派各地的耳目有報告過，當中就藏著這件事的前兆。

假如被我猜中了，這次的目標別說要暗殺，光是脫口表示對其懷有敵意，不只自己得死，還會招來株連九族的後果。

說不定包含前世在內，這將是難度最高的一次暗殺。

「妳這份訂婚賀禮可真貼心。」

「幸好你滿意……還有，我要先聲明，即使我跟你訂婚成為一家人，還是會委託這次任務喲。」

洛馬林家行事不含私情，他們是為了這個國家才會做出有必要暗殺目標的判斷。

既然如此，我身為圖哈德就非得面對其委託。

聽完任務以後，如果我認為這是為了亞爾班王國著想，自會揮動圖哈德之刃。

Episode10

第十話

暗殺者得知最艱險的殺害目標

The world's best assassin, to reincarnate in a different world aristocrat

我們回到只有S班學生聚集的宿舍，並且往學長姊房間所在的頂樓移動。

我指示蒂雅和塔兒朵回自己的房間。

（這次的案子太過可疑。）

假使我判斷這次委託不該接，她們對於委託的內容就可以保持毫不知情，為此我才這樣安排。

如果拒絕了洛馬林家直接交代的委託，光是知道內情便有可能被除掉。

我踏進妮曼的房間，室內格局本身跟我住的一樣。

然而，裝潢會展現出個人的喜好與品味。

「這房間真有妳的風格。」

「這算稱讚嗎？」

「是啊，符合妳貴族千金的身分，很有格調。」

妮曼房裡擺有雅致的家具，色調明亮華麗。

而且不會讓人覺得俗氣，有洗鍊的美感，兼具女人味。

單論品味，蒂雅與瑪荷也有過人之處，但是蒂雅會優先擺設與魔法相關的物品，而瑪荷重視機能性甚於女人味。

我很少接觸這種有情調的房間。

硬要說的話，跟蛇魔族米娜的房間相似。

「很榮幸得到你的誇獎。法蓉，準備茶與茶點。」

「遵命，妮曼大人。」

妮曼帶來學園的幫傭是個身型修長的女子，由她在旁服侍。

她為我們泡的茶散發出芬芳。

「好香。我第一次嚐到這種茶。」

歐露娜致力於經銷茶葉，因此我自詡對茶葉相當了解，這卻是我不曾體驗的香味。

「這是從海外進口的茶葉。會跟海外交易的並不是只有歐露娜啊。掌握海權者即能掌握貿易，我們從百年以前就抱持這樣的觀念籌備至今喔，還建造了不會輸給魔物，也不會輸給大風大浪的船隻，付出莫大犧牲才找到安全的航路。」

對方是執意創造完人的洛馬林家。

即使有這等技術也不奇怪。

而且，將貿易視為往後商界主戰場的前瞻性也很了不起。

「不愧是洛馬林家。」

「但是，有件事情讓我無法心服喲。」

「什麼事情？」

「我是指歐露娜商會旗下的船……洛馬林家耗費好幾十年才造出了深信為世界最高水準的船隻，建材採用鋼鐵而非木頭，就無需畏懼海上的魔物，以魔力為動能便不用依賴風力即可發揮速度的夢幻船隻。」

那說起來相當於魔法世界裡的鋼鐵船。

可謂技術突破的產物。

「伊路葛．巴洛魯身為區區一名商人，在短期內就完成了概念與此相同而又更加優秀的設計。洛馬林家經過好幾次失敗，在傷痛相伴之下才找到安全有益的航路，然而不知是何緣故，連我們所用的航路都被那名商人探出了好幾條。」

「原來歐露娜有那麼棒的船啊。」

使用盧各．圖哈德名義的我與歐露娜並無瓜葛，所以要擺出這種態度。

「還不只這樣呢。對方連航行所需的萬般器材都相當先進……羅盤就是一個例子。不知道為什麼，歐露娜商船所用的貨色即使在船上也能時時保持水平不偏移。此外，他們更發現了經度的概念，發明出用來測量經度的六分儀，居然在海面上也能精確掌握自己的位置，那可是改寫航海史的發明喔。伊路葛．巴洛魯，那人絕非等閒之輩。」

「好厲害的發明家，讓人尊敬。」

「你的口氣彷彿事不關己呢。」

「我的未婚妻是在歐露娜工作，但她的上司對我而言算陌生人吧？不過，妳說這些讓我有了興趣。下次我要請瑪荷介紹伊路葛．巴洛魯給我認識。」

「你想裝蒜到底啊。」

妮曼若有深意地朝我微笑，因此我也回以微笑。

（……話說回來，嚇了我一跳。）

妮曼提到的新型魔導船；屬於新型羅盤的乾式指南針；測量經度的六分儀。

這些都是我一直防範著不讓情資外洩的最高機密。

對歐露娜來說，貿易優勢是生命線之一。

就現狀而言，即使沿著大陸輸送貨物的船隻眾多，能像歐露娜一樣往返於大陸之間進行貿易的商會幾乎不存在。因為以船隻性能或水手的航海技術來想都等於自殺行為。

正因如此，歐露娜在這塊領域才可以大賺特賺。像巧克力就是代表性範例，歐露娜之外的商會連要進口可可豆都苦無門路。

「我遲早會掌握證據給你看。」

「妳究竟在說什麼呢……重要的是找我過來並非為了閒聊吧。麻煩快進入正題。」

「是啊，我差點忘了。那麼，容我重新道來。」

妮曼從對待友人的臉色轉換成洛馬林公爵千金的臉孔。

我切身感受到氣氛變得凝重。

「在此我以四大公爵之一的洛馬林家之名，向亞爾班王國暗藏的利刃，亦即圖哈德家下令，速將亞爾班王國的病灶切除。」

「若真有危害亞爾班王國之物，定當戮力以赴。」

只要是正式的委託，洛馬林家必然會用上這段詞。

而我的回答也是圖哈德家的常規句。

無論在信件或口頭上皆是如此。

因為這就是洛馬林與圖哈德的處事方針。

接下來，這次暗殺的目標將會揭曉。

可是，妮曼喚作法蓉的少女還是守在主子身邊。

假如只是尋常幫傭，接下來要談的事情當然不能讓她聽。

她那毫無破綻的舉止，還有時時不忘戒備四周的態勢，魔力則屬超乎常人的規格。將這些一併考量進去，可以想見對方有洛馬林家的血統，而且應該是妮曼的心腹。

「這次的病灶是雅蘭教教主。」

「難怪要直接向我委託，萬一內容外洩就毀了。這不只是亞爾班王國的問題，而是與世界為敵。」

「哎呀，你的反應沒有想像中來得驚訝呢。」

「我是覺得驚訝，不過，我有考慮到這樣的可能性。」

「耳朵可真是靈光。」

以亞爾班王國為首，雅蘭教幾乎是在全世界都被奉為國教的世界最大宗教。

尊奉巫女雅蘭・嘉露菈，並代託神諭給勇者助其對抗魔族，藉此履行本身使命。

雅蘭・嘉露菈跟常見的冒牌靈媒不同，她真的能聽見神的聲音。

女神會透過雅蘭・嘉露菈這個傳聲的窗口管理全世界，這是我從女神本人口中得知的。此外，雅蘭教藏有的勇者與魔族文獻也都是真貨。

雅蘭教是在拯救這個世界，千真萬確。正因如此，人們才會傾心依賴。

「全世界只有你能達成這項暗殺。你願意接下任務吧？」

「先告訴我殺教主的理由。」

這個國家設有我的監視網，我從定期報告已經察覺到雅蘭教有可疑的動靜。

可是，光靠我手上的情報不足以構成殺教主的根據。

「教主為魔族化身冒充，雅蘭・嘉露菈大人有生命危險。難道這不能成為圖哈德家動刀的理由？……哎呀，這次你真的吃了一驚呢。」

……她剛才說教主被調包成魔族？

真有此事的話，那就糟了。

魔族將能輕易設下陷阱殺害雅蘭．嘉露菈及勇者。

更棘手的是，雅蘭．嘉露菈這個將女神與世界連接在一起的傳聲頻道會遭到濫用。魔族的發言會被當成女神的發言傳達出去。

連要讓世界天翻地覆都成了一件易事。還有，若要讓我社會性死亡也是可行的，本著神的名義認定我是惡魔就行了。

魔族大有可能祭出這種手段。敵方陣營應該會想除掉至今已經宰了數名魔族的我。我是魔族的話就會用這一招。

人是依存於社會而活，無論再怎麼逞強，若與全世界為敵，等在後頭的下場就只有萬劫不復。

至少，我會無法再用盧各．圖哈德的身分活下去。

「我願意接下任務。」

首先要進行查證。

查證屬實，便要盡速殺掉被調包成魔族的教主。

「感激不盡。」

包含前世在內，這是生涯難度最高的一次殺人任務。

光要殺地位高居教主之人就很棘手，目標還是魔族這種超乎常理的存在。

可是，我會辦到的，因為這對我與我所愛的人有必要。

Episode11

第十一話——暗殺者張羅

The world's best assassin, to reincarnate in a different world aristocrat

暗殺目標為雅蘭教教主。

我逐項檢討腦海裡的幾種方案。

如此動腦的我開了口。

「我有兩點疑問。」

「請說，答得了我就會回答。」

「第一點，殺法不拘嗎？難道不必像王子那次採用能隱瞞目標遇害的殺法嗎？」

之前我殺了這個國家的王子。

動手之際，由於對亞爾班王國來說，王子遇害的醜聞會成為添亂的火種，我便用佯裝病死的手法殺了他。

這次要殺的是教主，即使有類似的指示也毫無不可思議之處。

「只要能殺了他就好。」

「我明白了。」

條件若是如此，最輕鬆的殺法是用步槍進行遠距離狙擊。

貴為教主，就有機會在謁見演講一類的場合向大眾露面。

藉機下手即可。

如果全副動用各式魔法，我的最大射程是兩公里。

這個世界並沒有長距離狙擊的概念存在。

頂多提防被弓箭瞄準，不過那充其量只是兩百到三百公尺內的世界。

根本無人能設想到會有以公里為單位的狙擊，因此狙擊點既不會遭到監視，更沒有阻礙射線的掩蔽物。

要射穿腦袋應該易如反掌。

（問題在於目標是魔族的話，射穿腦袋也殺不了。）

殺魔族得將紅之心臟粉碎。

那就必須先用【誅討魔族】命中目標，好讓紅之心臟化為實體。

那招的有效射程頂多只有二十到三十公尺。

假設我們有人負責發射【誅討魔族】，有人負責狙擊，使用【誅討魔族】的那一方會當場被逮。

……【誅討魔族】是由蒂雅負責發動。她身為魔法師固然優秀，體能與肉搏方面卻屬於二流以上未滿一流，完事後要逃掉可說難上加難。

非得想點法子克服才行。

「第二點疑問是什麼？」

「你們怎麼會曉得教主是魔族？」

「我滿意外會被問到這一點。」

「我倒覺得這是理所當然要問的內容。」

「可是，我想你不會相信我說的話，你應該會自己查證吧？」

妮曼相當了解我。

無論她說什麼，我都會用自己的眼睛與耳朵去確認真相才對。

「洛馬林家如何能認定教主的魔族身分，這大有可能是對我有用的情報，得知以後要確認實情也會變得輕鬆。」

「那倒是。我回答你。是雅蘭・嘉露菈大人來向我們求助的。」

既然跟女神靈犀相通的巫女都這麼說了，教主有鬼幾乎是可以定案的。

她並非宗教組織裡常見的虛飾象徵，而是真有靈通。

「……你們是怎麼收到巫女的求救信號卻又不被教主發現？」

「我沒有用四大公爵的名義晉見巫女，而是以法麗娜公主的替身身分見到她。國內信奉雅蘭教的王室成員都要定期去聽取雅蘭・嘉露菈大人的神諭。」

妮曼是洛馬林家的千金，同時有另一面，就是擔任亞爾班王國公主法麗娜的替身。

「說得通，不過雅蘭．嘉露菈察覺教主真面目一事要是被其他人曉得，她自己也會遇害。她理應會想到這一點，在那種處境下向妳求救並不尋常。」

「這不是一朝一夕建立起來的信任喲。洛馬林家認為那名巫女有用處，花了好幾年拉攏她。國內有盧各．圖哈德打倒了三名之多的魔族也算是一大要因……雅蘭．嘉露菈似乎相信有你在就能得救。」

可真是準備周全。

還有，這是好消息。

雅蘭．嘉露菈知道教主真面目，而且站在我們這邊。既然她還沒有落入魔族手中，事情就大有可為。

這表示，我並不會輕易被認定成神的敵人。

……基本上，假如魔族有那個意願，大概也可以將受女神庇佑的雅蘭．嘉露菈架空並當成傀儡就是了。

「不錯的情報。我會一面布局保護她，一面設法跟教主見面。至今我已經跟魔族對峙過好幾次，無論藏得再怎麼高明，見到面就能認出對方是不是魔族……可以的話，我希望用檯面上的名義跟教主見面，但似乎有困難。」

狀況證據齊備，卻還是不足以篤定。正因如此，我才想親眼看看教主。

「這不難喲。你又打倒魔族了，對吧？剔除勇者打倒的頭一名魔族，兜蟲、獅子與這次的三名魔族都是敗在你手上，所以教主已經主動告知眾人，要邀請你到聖地，並且盛大表揚你的功績。據說他大方到一次邀請了你們全班和學生會長到聖地呢。」

這樣的話……我可不覺得會便於行事。

「無論怎麼看都是陷阱，甚至連人質（同學）都找好了，設想周到。」

「畢竟是在這個時間點找你過去，八成不會錯。很有趣啊，魔族跟人類鬥智。」

確實有趣。

在這互相蒙騙的局面，掌握關鍵的人肯定是雅蘭・嘉露菈。

就算教主想斷定我是神的敵人，只要雅蘭・嘉露菈宣告我是無辜的，且教主才是魔族，無論如何都有轉圜的餘地。

反過來講，若沒有在雅蘭・嘉露菈落入敵方手中前搶先想辦法救人，我應該就會在雅蘭・嘉露菈的神諭之下社會性死亡。

◇

回自己房間以後，我將這次事情的概要轉達給蒂雅還有塔兒朵。

既然我決定接下這次委託，助手的協助絕不可或缺。

「唔哇！教主居然是魔族，這世界沒救了。」

「最接近神的人類竟然是魔族化身冒充，真令人難以置信……」

「妳應該知道一個類似的前例吧？蛇魔族米娜混進了貴族社會。即使教會遭到滲透也不足為奇。」

魔族並非單純強大的怪物。

正因如此才棘手。

「但是盧各，你打算怎麼辦呢？情況滿慘的耶。照你的說法，雅蘭・嘉露菈要是落入敵方手中，我們不就拿魔族沒辦法了？」

「所以我們要早一步去見她。我的飛機應該是敵方也沒有設想到的，上完課以後我們就立刻溜出去。」

「現在根本不是上課的時候了啊！」

蒂雅說得有理。

畢竟要跟時間賽跑，所以我們該立刻出發而不是留下來聽課，這是自明之理。

「照常理來想是這樣。跟魔族有所勾結的分子也在教室裡。明明復學了卻突然翹課離開，要是我們做出這種異常的舉動，消息難保不會傳到化身成教主的魔族耳裡。」

「你指的是諾伊修對吧……那個，魔族之間不是相互對立嗎？」

「從地中龍魔族出現以後，米娜的動向就很詭異，至少她現在不值得信任。」

我總覺得自己可以理解米娜的想法。

她說自己深愛人類社會與人類的文化，因此想除掉有意毀滅人類社會的其他魔族。這話不假。

然而，她同時也有表現出想獲得魔王之力的跡象。條件是必須有三顆用一千條以上的人類亡魂栽培的【生命果實】。

米娜知道自己若要栽培那玩意兒，就會成為我誅殺的目標。

所以她選擇讓其他魔族去栽培【生命果實】，再將成果搶走。

然而八名魔族當中，包含米娜在內只剩四名活著。

對米娜來說，到目前為止【生命果實】只栽培出一顆是出乎意料的。就現階段而言，她應該不樂見魔族的數量繼續減少。

「原來是這樣啊。不過，跟雅蘭．嘉露菈見面又能如何呢？」

「我要確認她是不是仍未落入敵方手裡。」

她是正牌的巫女……然而，內在只是個能聽見女神聲音的凡人罷了。

有心的話，就連區區人類都可以對她進行洗腦，何況她面對魔族根本無可奈何。

「盧各，萬一她已經被洗腦了呢？」

「那就死棋了，社會性死亡無從避免，我會選擇拋棄姓名開溜。」

雅蘭教的影響力正是這麼大。

最好試著想像，何止貴族或教會相關人員，全體國民都會與我為敵。走在街上的人們將罵我惡魔，並且撿石頭砸過來。

要用盧各・圖哈德的身分活下去是不可能的。

我得披著伊路葛・巴洛魯的皮相活下去，或逃到雅蘭教影響力不及的遙遠土地。

不管選前者或後者，應該都只能一邊換長相與姓名苟活，一邊伺機洗刷汙名。

「到時候我也要陪你一起。」

「我也是！」

「妳們知道那樣的處境會比淪為罪犯還慘嗎？」

「知道啊。但是，不能跟你在一起更讓我討厭。」

「因為我是少爺的專屬傭人！」

率直的好意十分燦爛，同時也溫暖了我的心房。

「謝謝妳們，我很高興。到時候麻煩妳們陪著我，我一個人會寂寞的。」

「哼哼，包在我身上。」

「我才不會放少爺一個人。」

我覺得能跟她們結為連理實在太好了。

我們對彼此露出笑容，然後我感到有些難為情，忍不住清了清嗓。

她們倆似乎也一樣，便打算將話題帶回正題。

「所以說，如果雅蘭・嘉露菈並沒有落入魔掌，你打算怎麼做？」

「把人劫走藏起來。只要能保住雅蘭．嘉露菈，教主無論說什麼，對我都不痛不癢。雅蘭．嘉露菈是女神挑選的巫女，但教主只是個職稱。」

我朝她們倆笑了笑。

只要雅蘭．嘉露菈在我手上，形勢就會一舉變得對我有利，我也可以讓她點破教主的真面目是魔族。

「……少、少爺，請問，那是要前往聖地，潛入世界上警備最森嚴的大聖堂，並且帶著一個人從中逃脫對不對？而且身分還不能敗露。」

「唔哇，你辦得到這種事情啊？」

「我會辦到的。非得辦到才行。這沒什麼，之後還要暗殺化身成教主的魔族，有難度超高的荒唐任務在等著我們，連這點小事都辦不了可就免談啦。」

這項差事麻煩歸麻煩，但我會辦到。

首先要利用通訊網確保在聖地用來藏匿雅蘭．嘉露菈的庇護所與物資，而我自己也要準備行裝。

這是在跟時間競爭。

然而，我要不慌不忙地用最快的速度把該辦的事情辦成。

好久沒有接到這種符合暗殺者風格的差事。

我會力求完美。

Episode12

第十二話——暗殺者入侵

The world's best assassin, to reincarnate in a different world aristocrat

課程結束的同時，我便從學園起程。

變成蛇魔族米娜僕從的諾伊修在學園並沒有古怪的動靜，簡直像回到了之前一樣，相處起來有如普通的朋友。

離開校地後，喬裝過的我駕駛飛機升空。

這次的目標是要保住雅蘭・嘉露菈。

即使我擁有【聖騎士】頭銜，事跡要是敗露仍免不了株連九族的死罪。何止如此，連整個亞爾班王國都會有危險。

所以才需要喬裝。

而我冒著這種風險採取行動，是因為不這麼做就只有死路一條。

能否趕在敵方行動前保住雅蘭・嘉露菈，將讓戰況截然不同。

（……像這種時候，我如果能準備一個替身，行事可就方便了。）

我變得太有名了。

雖然說有迫不得已的因素，但我交出了太多成果，也受到過多的注目。多虧如此，要行動很不方便。

正因為這樣，我強烈認為需要另一個我。

像今天要是有替身的話，大可讓他去聽課，而我趁昨晚就可以出發。

（實在找不到適合的人選。）

即使可以靠化妝粉飾，原本的長相與體型還是要相似到一定程度才行。此外，必須具備魔力才能勝任也是一大門檻。

除非是刻意隱藏，否則具備魔力者身上時時都會有魔力流出。

就算魔力量不能跟我相比，身上若沒有最起碼的魔力，怎麼看都會不自然。

而且除了一小部分的特例，具備魔力者盡是貴族出身，願意為我擔任替身的人少之又少。

倘若可以進一步奢望，那最好是個優秀得足以替我應付S班課程的人才，但這一點我早早就斷念了。

「這得想個辦法解決。」

視今後局面發展，八成會遇到缺少替身就束手無策的狀況。

◇

以飛機長程移動的我來到了雅蘭．嘉露菈所在的聖地。

聖地名為奉沃壘。

規模小巧的城邦，世界上最小的國家。

王都的地下同樣有聖域，但這裡整座城鎮都是聖域。

為了防範魔物，絕大多數的城鎮都有城牆，這裡卻沒有。

相對地，這裡設有結界。

能籠罩全城的結界簡直令人匪夷所思。這是人類不可能實現的規模與強度，來自神的力量。

據傳這道結界能隔絕一切不淨之物，對人類無害，但是魔物接觸到結界的話，瞬間就會斃命。

「……看來不只如此而已。」

我從遠處觀察那所謂的神之結界。

利用圖哈德之眼看透術式，逐步分析。

我和蒂雅兩個人花了十年以上的時間分析術式規則性，一直研究至今。正因如此，大多數的符碼我都認得。

即使如此，這道結界我只能看懂六成。

那是因為我們知曉的魔法是神調整給人類使用的魔法，但這裡出現的卻是神自己使用的魔法。

魔法本身的次元不同。

而且符碼的組成方式既獨特又複雜。

但我還是要挑戰。

（神之結界，這能讓我學到不少。真想讓蒂雅也瞧瞧。）

我先從可辨識的部分著手解讀其文脈，再套入幾項假設，選擇最具整合性的思路，一層又一層地推敲下去。

「大致搞懂了……那道結界並不是單純的保護，它是情報管理系統。不過，也有漏洞存在。」

情報管理系統。

它的驚人之處是可以讀取魔力的波長，藉此辨識個人。

管理者可以掌握到所有進出城鎮的人類。

其防護專門針對魔物，我要通過固然是可以，不過有人未經許可就擅入聖地的事實會被察覺。

（就算硬闖，應該也不至於被認出是我……但難免會引起戒心吧。）

我不曾踏進這座城鎮。

所以想必沒有人認得我的魔力波長。換句話說，我不會被過濾出來。

即使如此，若被懷疑身分不明的入侵者或許就是我，仍是一件不妙的事。

如果教主的真面目是魔族，就會提防打倒了好幾名魔族的我。基本上，難以想像還有誰敢冒犯神威擅闖聖地，這應該也會讓對方聯想到我身上。

我檢討破壞結界的可行性。

既然術式只讀懂六成，想竄改結構並不可能，不過要介入其中加以破壞似乎可行，前提是動用這次被我準備來當第三條手臂的【神器】。

那當成兵器固然優秀，更重要的是它象徵著神的手，能觸及不可碰觸之物才是它的真正價值所在。

（要破壞可以。但是，這步棋不好。）

基本上，我就是怕擅自入侵會引起對方的戒心，誰知道破壞結界這種招搖的技倆將導致什麼後果……

不成。

可用的手段只有一種。

「飛過那道結界。」

結界將城鎮包圍住，包含地底到地上大約綿延十公里。

它並非巨蛋狀，只是一道高牆。

結界上頭空空如也。

對方大概是認為即使生了翅膀，也不會飛到十公里高這麼離譜。

實際上，任憑絕頂高明的魔法士再怎麼御風或強化體能，也無法靠蠻勁飛上十公里高。

連我都不可能靠著風或體能飛越過去。然而，我有第三種手段可以選。

先以風之魔力環繞於身。這不是為了飛行，作用類似保護服。

我要用的是……

「【神槍】昆古尼爾。」

藉著逆轉重力將物體射向超高處的必殺魔法。

原本是透過高度上升的物質進行質量攻擊，或者用來將敵人直接捲到天邊。

然而，只要我把這招用在自己身上……

（就可以用超高的效率升上天空。）

但是，這可鬆懈不得。

畢竟我是朝著天空下墜，速率更以每秒九點八公尺的步調逐漸提升。

速度驚人。

對身體負擔極大，在這種速度的領域裡難以操控魔法。

假如我在施術途中失神，摔到地表就會當場斃命。

……沒想到尚未進城就這麼費勁。

魔法在我苦笑的同時完成。

加速度使我臉頰緊繃。

加速，加速，加速，我朝向天空墜落，臉頰隨之越漸緊繃。

魔法效力照我計算好的時間點結束。

然而，上升仍未停止。在一邊消耗動能一邊減速的過程中，我進一步上升。

緊接著，動能在完全超越聖地結界的高度後消耗殆盡而停下。隨後被重力拉扯的我便逐漸墜落。

空氣稀薄，而且寒冷。

高度越是上升，氣壓及氣溫就越低，氧氣也會變得稀薄。而且氣壓、氣溫的變化越急遽，對人體的負擔也就越大。

連聖母峰的高度都只到八公里，想到光是登山就有許多因氣壓差異而昏倒的案例，靠著血肉之軀急速飛升十公里的行為根本只能稱作自殺。

假如沒有準備護體的風之魔力，可無法安然度過這一關。

我將聚集來的風當成推進力，前進到聖地上空。

為了避免速度過快，還要一邊御風進行逆向噴射一邊下降。

高度下降以後，我便捨棄護體的風之魔力。

相對地，我披上一層風膜。這能讓光線折射，是我用於隱形的拿手招式。

當地面接近，我便加強逆向噴射的力道，將大半速度抵銷掉，然後用全身吸收衝擊並降落，聲音已有放輕。

接著，我直接衝進暗巷，確認過周圍沒有人影才解除隱形。

神不知鬼不覺地成功入侵城裡了。

「第一階段過關。之後才是重頭戲。」

我瞪向位於聖地中央的大聖堂。

雅蘭．嘉露菈就在那裡。

她的行程已經事先調查好了。

我的情報網與妮曼給的情報一致，可信度相當高。

一小時後，她會在大聖堂的大浴場進行每星期一次的沐禮儀式，以注滿聖水的澡池提升巫女的力量。

到時候，任何人都不在她身邊。

無論護衛或隨從都一樣。

換句話說，那是最適合把人擄走的狀況。

錯過這個機會，可就難以等到她落單的場面了。

因此，我才不希望讓敵方提高警覺。

敵人若是進入戒備態勢，這類漏洞會率先被堵住。

我溶入城鎮，混進了前往大聖堂的人潮。

我是個暗殺者，而非綁架犯，但我不會抱怨這超出自己的專業，因為所謂的暗殺者若沒有多項才藝可無法勝任。

Episode13

第十三話　暗殺者擄走巫女

The world's best assassin, to reincarnate in a different world aristocrat

我避開了好幾道陷阱，並侵入大聖堂。

即使到這裡的路上戒備森嚴，看來大聖堂裡頭倒是毫無防備。

但我仍小心翼翼，時時使用圖哈德之眼提防魔法陷阱，同時也不忘用暗殺者的眼力提防物理性的陷阱。

從這裡開始，一瞬間的疏忽就會要命。

途中，我看到自己映在鏡中的模樣而苦笑。

（雖說是迫不得已，沒想到竟然要喬裝成這模樣。）

來這裡的時候，我穿了女裝將自己扮成修女。

因為雅蘭．嘉露菈所在的區域只有修女能進去。

所幸雅蘭教的修道服是寬鬆長裙，因此我可以一邊屈膝一邊走路，讓自己顯得個子較矮。此外，能戴著附一片薄薄面紗的帽子也有利於我。

只要遮著臉，別人便不容易發現我是男人，就算是陌生臉孔也不會讓人覺得有異。

我照著從妮曼那裡得到的大聖堂地圖，朝目的地前進。

目標是大浴場。

雅蘭．嘉露菈要在那裡才有獨處的時間。

我停下腳步靠到牆際，以雅蘭教獨有的形式行禮。

明明男性禁止入內，卻有男人在這裡。從服裝來看應該是高階祭司，但他身材發福又給人下流的感覺。

那名男子並未直接通過，而是停下腳步來到我這邊。

難道說，被他發現我是冒牌修女了？

「那邊的修女，把臉抬起來。」

我照著吩咐抬起臉，面紗就被他扒掉了。

「嗯～～雖然是個美人胚子，年紀還是要小一點才好……夠了，妳走吧。」

「遵命。」

他似乎對我失去興趣，這才轉身離去。

（看來雅蘭教也被俗世玷汙了。）

我看到那傢伙充滿性慾的眼神就明白了。

玩弄來到這裡的修女是他日常生活中的一環。

這八成……不是魔族成為教主帶來的影響。宗教這玩意兒能聚集金錢與權力。

而金錢與權力會使人腐化，並且吸引更多腐敗的人。

就我所知，再怎麼正派的宗教只要規模變大都會變成這樣。

畢竟這種事我在前世看過好幾次了，也接過不少委託是要我殺掉那種沉溺於慾望的傢伙。

（幸好有細心喬裝。）

既然前提是用面紗遮臉，臉部倒不必太花心思粉飾，還好我有下這道工夫。

……萬一化完妝的臉孔合對方喜好，大概就會惹上被帶去房間的其他麻煩。

目的地近在眼前。

提高警覺到最後一刻吧。

◇

途中我收集過情報，確認雅蘭．嘉露菈會照行程入浴，才躲到大浴場的天花板後。

我就在這裡等著雅蘭．嘉露菈過來，底下狀況都用以風代目的魔法看在眼裡。

這簡直像在偷窺，使得我心裡湧上罪惡感，但是除了這裡，她就沒有其他獨處的時間了。

從妮曼那裡得知的入浴時間已近。

我聽見腳步聲陣陣響起，所等的人出現了。

頭髮、肌膚以及可見的一切都呈現蒼白色澤的女性，她穿著一襲貼身的單薄衣物。初次目睹時也讓我嚇了一跳，但是怎麼看都會讓我想起那名女神。

我屏息隱藏動靜。

然後，我利用在等待時製作的暗門從天花板悄悄下去，由死角接近對方，自背後一把將她摟住以後就用右手捂了她的嘴。

「唔唔！唔唔唔！」

慌亂的雅蘭・嘉露菈使勁掙扎，卻動也動不了。我是用專業技術將她制服。

浴室突然有人在眼前冒出來，會尖叫引發騷動是顯而易見的事。

所以，我被迫選了粗魯的手法。

我在她的耳邊細語。

「我是盧各・圖哈德，受了法麗娜公主之託來救妳。」

雅蘭・嘉露菈聽見這段話就平靜下來了。

我之所以用法麗娜而非妮曼的名字，是因為妮曼接觸對方用的是法麗娜公主的替身身分。

「我現在就放開妳，但是麻煩妳注意音量和聲響，以免被外頭的隨從發現。」

雅蘭・嘉露菈點頭如搗蒜。

我確認過她已經夠冷靜以後才解除對她的束縛。

「感謝你過來救我。」

雅蘭・嘉露菈低聲向我道謝。

不知為何，她帶了化妝用具進浴室，當中也有口紅，這正好。

與其用我帶來的用具，利用她的個人物品比較能避免不自然。

「之後再謝吧，我們要先從這裡脫逃。離開之前，麻煩妳先用口紅照我說的在牆上留字。」

「請問，這是為什麼？」

「沒時間了，理由之後再說。我把內容告訴妳。『我將到女神大人身邊』。」

雅蘭・嘉露菈露出納悶之色，但是她有照我交代的去做。

這固然是小手段，不過與其讓雅蘭教的人以為她被綁票，安排成女神帶來的奇蹟會方便許多。

如果雅蘭教搜索犯人和她的下落就頭痛了，何況世人若以為雅蘭・嘉露菈是被暴徒劫走，也會傷害到她的名聲。

我都已經安排好了，修女會從大聖堂內外散播她因為女神行使奇蹟而消失的消息，流言將越傳越廣。

「那我們走吧。抓緊嘍。」

我把雅蘭・嘉露菈摟進懷裡，乘著風直接回到天花板上。就在這時候，雅蘭・嘉露菈的白髮脫落了……不對，這是假髮。假髮底下藏著她的一頭紅髮。

難不成她並非巫女本人，而是替身？不，不會有這種事。因為我自己也有類似遭遇才認得出來，她身上隱約有著那名女神的氣息。

她肯定也是認出這一點才會信任我吧。

雅蘭・嘉露菈拚命按住頭上的假髮。此外還有讓人感到不對勁的地方，我的衣服跟她的皮膚接觸後就沾上了白色髒汙。膚色跟髮色一樣是假的。

儘管在意，之後再說吧。

我從下來時用到的暗門爬回天花板，然後牢牢關起門，再經由通風口爬上屋頂。

接著，我就利用事先探勘確認過安全的路線前往避難處。

◇

我準備了一間位於聖地的獨棟民宅。

這是運用歐露娜商會財力準備的避難處。以架空人物的名義買下來的房屋，在主要都市就有安排這類處所。

為了讓她的心情鎮定下來，我泡了有安神效果的香草茶。

「我們有許多事得談。要從哪裡談起？」

「……你不問我的頭髮和皮膚顏色嗎？」

「那就麻煩妳從這部分講起。」

雅蘭．嘉露菈。她現在拿掉了假髮，原本塗在皮膚上的白色顏料也被逐步去除。真正的她有著一頭紅髮，皮膚雖白，但仍屬於人類會有的膚色，並不是女神那種非人類的白。

之前見面時，我以為她二十幾歲，然而卸妝後的她看起來像十七八歲。女性所化的妝能讓印象大為轉變。

「雅蘭．嘉露菈身為女神大人的代言者，被要求必須跟女神一樣白。以往的雅蘭．嘉露菈也都被賦予了塗成全白的義務……包含教主在內，只有幾個人知道這件事。」

「原來如此，所以教裡才讓妳單獨進去大浴場。」

身分高貴之人，大多也會帶著隨從進浴場服侍自己。更遑論像雅蘭．嘉露菈這種無上的貴人，最好是時時都派人手在身邊護衛。

「只有洗浴的時候，我會回歸蜜珥樂的身分，而非雅蘭．嘉露菈。」

「既然妳隱瞞化妝這件事，我指示妳用口紅留字算是成了敗筆吧。」

「不，口紅沒關係。雖然白粉是祕密，但我用口紅就完全沒有在人前遮遮掩掩，因為大家根本不覺得口紅的顏色會是我嘴脣的顏色。」

她攜帶口紅的本意是為了掩飾化妝將肌膚塗白的障眼法啊。

在入浴時化一層容易辨識的妝，營造自己有化妝的印象。將肌膚塗白這件事總不能讓人發現，剛塗上的白粉有獨特氣味。

然而，只要大家有她會化妝的認知，那種氣味就不會讓人感到有異。

「妳在這方面下了苦心。」

「我早有覺悟。畢竟我光是聽女神大人的聲音再轉達給眾人，就可以過好生活。」

從言語和態度可以察覺，她原本並非出生於高貴人家。她是因為聽得見女神聲音就被賦予了那個位子的女性。

單純是因為跟女神契合度高，才會待在那裡。

初次見面時曾讓我感受到超然的氣質，但眼前的女性實在太過平凡。

「這樣啊……然後，妳不惜拋開那種待遇也要求救是有理由的吧。」

「是的，再這樣下去我會被殺。而且你也一樣。」

「我也會嗎？我是透過法麗娜公主聽說教主被調包成魔族之事，不過妳怎麼會發現這一點？」

最大的疑點就在這裡。

假如她有能力看穿擬態為人類的魔族，那就好說，但恐怕並非如此。

基本上，雅蘭・嘉露菈只是個能聽見女神聲音的凡人罷了。

與我為敵的魔族好歹具有在世界頂級聖職者雲集的雅蘭教裡假扮成教主都還可以瞞天過海的能耐，隱匿技術出眾，她不可能看穿。

而且，我也不認為她有收集情報的能力。像這樣交談過就曉得，她只是聽得見女神聲音的平凡女子。

「……呃，因為女神大人用了我的身體跟教主還有魔族談話。我在那段期間一樣有意識，也記得女神大人與魔族交談的內容。」

我無言以對。她說那名女神跟魔族直接對話？

這只讓我有不好的預感。

難道女神跟魔族勾結？

可是，未必不可能。女神的目的在於維持這個世界。

沒有錯，她並不是人類的夥伴，而是世界的夥伴。

不僅如此，要是我至今收集到的情報都正確，魔族縱然與人類為敵，也沒有與世界為敵。女神與魔族聯手合作，這種可能性也是存在的。

「希望妳能告訴我談話的內容。」

無論如何，先聽對方說吧。

換個思考的方式，我算運氣不錯。畢竟在這個時間點，我得到了女神與魔族對話的重要情報。

Episode14

第十四話 暗殺者與雅蘭・嘉露菈交好

The world's best assassin, to reincarnate in a different world aristocrat

既然女神透過雅蘭・嘉露菈與假扮教主的魔族談話，我就不能坐視不管。

當雅蘭・嘉露菈正準備細說這件事時，她的肚子發出了聲音。

「對、對不起。明明要緊事才談到一半。」

她害羞地掩著肚子。

「詳談之前，我們先用個便飯吧，我來料理。妳有什麼不敢吃的東西嗎？」

感覺這件事說來話長，要先填飽肚皮。

打探消息固然要緊，爭取她的信賴也很重要。我不想逼迫對方。

就算硬要對方繼續說，她的腦袋大概也能理解情非得已，但不滿還是會留在心裡。

「這怎麼好意思呢。」

「我也餓了，妳不用介意。」

「是嗎？那就拜託你了。」

「好，還有裡頭房間是為妳準備的，也有衣服讓妳換。妳這副模樣應該不自在吧？

在餐點做好以前，妳可以換套衣服歇會兒。」

話說完，雅蘭．嘉露菈看了自己的模樣。

在大浴場用於沐禮的白色衣服既單薄又貼身，這副模樣並不適合見男人。

「那、那麼，我會由衷期待。還有，我不敢吃魚。」

她點點頭，進去裡面的房間。

◇

經過約三十分鐘，我弄好餐點便叫她出來。

她似乎小寐過一會兒，臉色變得好多了。

衣物換成寬鬆的起居服，卸妝拿掉假髮的她給人印象大為不同。

「來，請用。」

餐桌上擺的是鬆餅與熱巧克力。

「那我不客氣了。哇，好甜。這種黑色的飲料真是美味，喝了身子都暖起來了。」

「這叫作熱巧克力，我珍藏的好貨。」

「非常、非常美味。」

「那我多準備一些，畢竟得請妳在這個房間躲幾天。」

巧克力有舒緩心情的效果，營養價值也高。

對此刻的她來說是最適合的飲品。

「我可以用這個房間嗎？」

「這裡是最安全的。可信任的人會定期送來物資，照理說沒有不便之處。」

還有聖地的工作在等著她。

更重要的是考慮到往後局面，將她藏在這間避難所，風險會比帶她離開這座城鎮或帶她回去來得低。

我邊用餐邊說明過這些以後，她點了點頭。

「抱歉，事事都讓你為我安排。啊，這塊鬆餅也一樣棒極了，口感輕輕柔柔，讓我忍不住懷疑以往吃過的麵包算什麼呢。」

或許雅蘭・嘉露菈是個有氣度的人物。

她在這種狀況下仍顯得從容。

「當中有點小訣竅。」

這個世界原本並沒有用來讓麵包或蛋糕膨脹的發粉，不過我在歐露娜另行研發出來了。

鬆餅裡拌了發粉與優格，而且油分也有所節制。

發粉能與優格起化學反應，並釋出大量的二氧化碳，因此調好的麵漿會比只用發粉更蓬鬆。

結果便能烤出飽含空氣且質地輕柔的鬆餅。

既然口感輕柔，哪怕身體虛弱也能享用到其中的美味。

實際上，她把熱巧克力和鬆餅都掃光了。

「謝謝招待。我想都沒想到居然能在逃亡處享受到這等美味的餐點。盧各大人連烹飪都有一身好手藝呢。」

「因為這是我的興趣。嗯，妳的臉色已經好多了……差不多可以告訴我了吧？那個女神……不，女神大人用妳的身體跟魔族談了些什麼？」

「其實就算記得內容，我對女神大人所說的意思也不太能理解。」

她愧疚似的低下頭。

「記得多少是多少，希望妳把聽見的內容原原本本地告訴我。」

她胡亂加入自己的解讀反而會成為干擾。

可以想見女神會刻意用古怪的詞句，因此保持原文才便於解讀。

「好的。那麼，我就將聽到的直接轉述給你。女神大人是這麼說的：『我不會攪局，所以你們也別來攪局。』『彼此盼望的約定之日，已經近在眼前。』『問題是這次的勇者到目前都未受消耗。』……就是這些話。」

「魔族那邊怎麼說？」

「它們答應接受女神的提議，還提到勇者的問題會拿出對策……然後，它們要求女神保持中立。」

「中立是嗎？有趣的字眼。原來魔族是那樣看待女神大人的，既非敵亦非友，而是旁觀者。」

有許多令人好奇的詞。

女神說的攪局是指什麼？

約定之日亦然。如果從魔族的觀點來想，那應該是指魔王復活，但是我不明白女神有什麼理由要等待那一刻。

最後則是勇者未受消耗這句話。這應該是有我活躍，艾波納就不必對付魔族所致。然而，反過來講便有把勇者當消耗品的味道。

此外，女神在怪罪未受消耗一事也是個重點。

勇者的那等力量不可能毫無代價，消耗到最後會有什麼後果同樣耐人尋思。

若只考慮殺勇者這一點，假設名為勇者的存在終究只是擁有傲人的瞬間輸出，魔力的回復速度並沒有像我這麼快，而且力量耗掉就無法補回，在我選擇殺艾波納之際就會成為一個突破口。

之後我仍要盡可能收集詳盡的情報。

「謝謝妳，這值得參考。」

「幸好對你有助益。」

「我不明白的還有一點。妳怎麼會感受到生命危險？女神大人與魔族交談的內容，聽起來似乎並不會危害到妳啊。」

沒錯，剛才聽到的內容並未言及雅蘭・嘉露菈。

「我在發現教主是魔族之前就受過威脅。教主逼我把他說的話當成女神的話向民眾宣告……還說如果我敢違抗，就要殺了我，另找方便操控的雅蘭・嘉露菈……而我一直都拒絕。我祈求過女神大人的幫助，可是女神大人只會傳達旨意，都不肯幫我！」

女神恐怕對雅蘭・嘉露菈……不，對這名叫蜜琪樂的少女毫無興趣。祂認為替代品要多少都有，其本質為用於維持世界的機械，對個人並無任何感情。

那之於我也一樣。假如有比我更好用的棋子，女神就會輕易將我切割掉吧。

「女神大人跟魔族談話時，也完全沒有提起我的事情……這讓我體認到祂並不會救我……像昨天，我的隨從被教主殺害了，他還說下次會輪到我，所以，我被迫屈服了。今天早上，我把魔族的話當成女神的話傳達出去了。」

她說著便流下眼淚。

我晚了一步，就晚這麼一步而已。

「當時妳說了些什麼？」

「我當著眾人面前，說女神大人並未向盧各大人傳諭。我很害怕，害怕自己會死，不，我更怕自己將不再是雅蘭・嘉露菈……害怕自己又回到那種生活，變成一無可取的廢物。對不起……對不起。」

雅蘭・嘉露菈一邊流淚一邊摟住她自己。指甲陷入肉裡的力道太強，使得沒有完全去除的白色顏料隨之剝落。

「虧妳能撐到現在。」

「你……不生我的氣嗎？我為求自保，連你都陷害了耶。」

這是事實。

在雅蘭教召我過去的時間點，讓巫女爆料我並沒有聽見女神的聲音，就是為了算計我。

我已經從英雄淪為冒用女神名諱的大罪人了。

在我抵達聖地的同時就會召開宗教法庭吧。

「錯不在妳，而是逼迫妳的魔族。」

「就算這樣……我還是……」

「妳若覺得過意不去，希望妳能幫幫我……我打算故意去挑戰對方設的陷阱。我會接受宗教法庭的審問。」

而且，我要從正面打破對方設的陷阱。

「怎麼成，那是自殺行為。雖然稱作法庭，那只是給人安上罪名的形式而已，對方絲毫沒有要聽你辯解的意思。」

是啊，我曉得。

宗教就是這種玩意兒。

那些掌權者在乎的是自己的面子，宗教家在這方面的傾向更強。

他們絕對不會承認，也不能承認自己有過失。將嫌疑加諸某個人身上時就已經決定有罪了，非得有罪才行。

不只是教主，與這場宗教法庭有關的全體人員都抱持相同認知。

用正常手段應付的話，根本沒有勝算。

「一般而言是的，所以，我不會用一般方法。必須靠妳的力量，只要有妳身為女神憑依體的真正力量就能贏。我敢斷言，教主早就準備好妳的接班人了，妳已經不是雅蘭·嘉露菈。他們何止不會想把妳搶回去，還會派暗殺者過來。」

與其抬這座難用的神轎，還不如在毀棄以後弄一座新的。

對他們來說，能否聽見女神的聲音根本無所謂。無論是什麼樣的傀儡，只要教主說她聽得見女神的聲音，就會被當成真有一回事。

畢竟除了雅蘭·嘉露菈本人，誰都無法確認其真偽。

「怎麼會，我……」

她在逃跑時應該沒有深思到這一層。

對自己的價值深信不疑，太過高估聽得見女神聲音的意義。

如果她知道會演變成這樣，或許早甩開我的援手了。

我是故意說這些來壓迫她的。

像這樣交談的過程中，我理解到雅蘭・嘉露菈是個相當堅強的女性。

她表示給我添了麻煩而道歉，可是直到開口的那瞬間，她完全沒有對我展現過任何一絲愧疚。

假如她真是心地善良的女性，從第一眼看到我就會意識到內疚，進而表現在態度上才對。

（然而，她是在跟我道歉以後才顯露出罪惡感。）

由此可證那是她刻意為之的演技，看得出她打算博取同情來得到我的原諒。

「在被魔族威脅生命以前，妳一直都袒護著我，有這份心意就夠了。」

我對她投以笑容。

我了解她的所有心思，還假裝完全順她的意。

進一步來說，她受到魔族威脅也沒有發表假冒的神諭，同樣不是為了我。那是為了不讓自己身為女神代言者的價值下跌。

她打從本能明白自己每次撒謊，就會傷害到雅蘭・嘉露菈的價值，更害怕那會觸怒女神。

撒謊固然很簡單，但她那麼做就會讓雅蘭．嘉露菈淪為誰都可以扮演的角色，這是自明之理。

為了讓雅蘭．嘉露菈保有雅蘭．嘉露菈的地位，她只能繼續將女神的話語正確轉達給世人。

（說穿了，她是為自己打算的那種人。）

我對她並不應該動之以情，而是要點出她能有什麼好處。

換言之，我必須講明自己會除掉從中作梗的教主，並且保證她可以像過去一樣繼續以雅蘭．嘉露菈的名義自居。

所以，我才如此行事。

像她這種人會比較好掌握。

「假如妳想回到雅蘭．嘉露菈的位子，方法就只有跟我一起在宗教審判的現場駁倒冒牌教主。我有可以將其實現的劇本與安排。」

經雅蘭．嘉露菈指證，我已經成了眾人抨擊的目標，這會是一大劣勢。然而這不過是我設想過的劇本之一。

要跟對方鬥還是有辦法，而且我為了翻盤也已經有所布局。

「我明白了，我會挺身對抗。這是為了贖罪，然後，也是為了我自己……我仍希望以雅蘭．嘉露菈自居，我不想再回到過去的生活。」

令人訝異，沒想到她居然在這時候吐露真心話。

我溫柔地投以微笑，並且把手放到她的肩膀。

「真虧妳能下定決心。一同對抗吧。」

「好的！」

任我再有辦法，若缺少真正的雅蘭・嘉露菈這張牌，想挑戰宗教法庭就是有勇無謀了。

不過，我就此把她納入手裡了。

只要有她在，我能祭出的手段就會一舉增加。

首先在成事的第一階段，雅蘭・嘉露菈被女神召去身邊的流言已經廣傳，而且源頭是她的隨從更能加深印象。

用口紅留在牆上的那段訊息會是我們的生命線。

如果沒有那些字，八成連殺害雅蘭・嘉露菈的罪過都要算在我頭上吧。

不知道妮曼是否完成我託她去辦的工作了。能派諜報員潛入大聖堂之中，真不愧是洛馬林家。

擄走雅蘭・嘉露菈，並且趕在她留下的訊息被教方掩蓋之前搶先流傳出去，這是我讓洛馬林家協助進行的計畫。

某方面而言，這也是作戰。我要總動員來挑戰敵人。

Episode15

第十五話 暗殺者歸來

The world's best assassin, to reincarnate in a different world aristocrat

將雅蘭・嘉露菈藏在避難所保護，並且吩咐她不要外出後，我回到了學園。

我降落於宿舍樓頂。月亮早已在天空散發光芒。

確認過沒被任何人看見，我便從窗口回自己的房間。

然後，我拿出讀書文具用品準備出門。

接下來我要參加定期讀書會。

之前艾波納的成績都在及格邊緣，這原本是為了她舉辦的活動，不過這次幾乎S班所有同學都參加了。

只要參加這項活動，我就可以製造不在場證明。

這世界連飛機的概念都沒有，以常識來想……不，就算拋開常識又具備勇者艾波納的體能，還是辦不到在半天內往返聖地與學園的技倆。

至少，我應該不會被懷疑有擄走雅蘭・嘉露菈之嫌。

◇

隔天，我在上完課以後被艾波納找去了。

她是女神預言中遲早會毀滅全世界的勇者，而我就是為了殺她才被女神召喚到這個世界。

儘管如此，至今我一直在摸索不殺她就能了事的方法。

她依然穿著男生制服，舉手投足就像個男生。

看起來只像美少年，但因為天生麗質，我也想看看她用女性的舉止會是什麼樣。

我對她投以微笑。

「怎麼了嗎，突然找我過來？」

原本我接近艾波納是出於盤算，為了親近勇者取得情報。而且，這也是為了在緊要關頭讓她鬆懈以提高暗殺成功的機率。

然而，我現在是把她當成真正的朋友。

「……在朋友面前，我不希望有所隱瞞，所以我要直截了當地告訴你，盧各。今天早上，我從教會的人那裡聽到，你想用自己說的話來冒充女神的話，讓世界陷入混亂。此外我還聽到了許多有關你的壞話。教會說明天要邀請你到聖地表揚打倒魔族的功績是假的，其實是要舉行宗教法庭審判你。我也接到了命令，教會要我顧著你，以免讓你逃掉；萬一你想逃，教會還叫我用全力阻止你。」

教會方面的行動可真快。

照雅蘭・嘉露菈的說法，她似乎是昨天早上才親口宣布女神並沒有傳諭給我……

雖然可以用信鴿對學園裡待命的教會人員下指示，但就算把這考量進去，訊息還是傳遞得太快。

表示對方很早就在設這個局吧。

……這次的魔族很有腦袋。勇者艾波納有能力收拾我，而且對手是我就可以讓勇者艾波納受到消耗。

一方面可以收拾攪局者，另一方面又能對勇者造成磨耗，再好不過吧。

「盧各，我老實回答你了，希望你也能老實回答我。你有撒謊嗎？」

「我才沒有撒謊，是雅蘭教在騙人。」

艾波納聽完我說的話，就放鬆表情呼了一大口氣。

「是嗎？那我放心了。這樣我就能抬頭挺胸為你撐腰。」

「感謝妳肯相信我，但是這麼乾脆就相信我好嗎？」

艾波納帶著笑容對我的質疑點點頭。

「你救了我。沒有你的話，我早就無法作戰了。根本來說呢，你已經打倒了好幾名魔族，也好幾次救了城鎮與眾多的人，比大聖堂裡那些趾高氣昂的人可信好幾倍。既然你說是真的，那就是真的嘍。」

我為之苦笑。

艾波納於好於壞都未受沾染。

被奉為世界宗教的雅蘭教影響力絕大。正因如此，就算他們講出錯得離譜的話也不會被怪罪。要是讓他們壞了心情，哪怕是貴族也有失去地位的危險，因此沒有人能違抗雅蘭教。

懂得如此打算的傢伙還算好。

雅蘭教的教誨一律正確——從小就被灌輸這套觀念，還當成常識的人才是最糟糕的。沒有任何道理存在，用言語說不通。

宗教的棘手之處就在這裡。他們不靠道理，而是從心靈來操控民眾。

「艾波納，謝謝妳肯相信我。光想像妳成為敵人，我就忍不住發抖。」

到現在我依舊不可能從正面戰勝艾波納，連逃不逃得掉都難講。

（話說回來，教會還真是神通廣大。）

王都的那群豬玀愛惜自己的生命，始終要艾波納守在王都附近。

正因為這樣，我才會成為聖騎士，被迫奔走各地對付出現的魔族。

明明如此，教會竟然能派她到聖地。

這證明教會權威高於王都那些豬玀的自保心態。

更表示敵方就是強大到這種地步的組織。

「唉唷，你不要就這麼放心啦。那可是宗教法庭耶！到時該怎麼辦好呢？呃，要我放你走嗎？」

「妳什麼都不用做。我打算接受宗教法庭的審問，我會光明正大地當場洗刷自己的嫌疑。」

最受注目的場合就在那裡。

如果我從那裡逃走，將無法擺脫對方給我安上的罪名。

「你辦得到那種壯舉？」

好像連不諳世事的艾波納都知道宗教法庭是怎麼一回事。

那並非協商或確認真相的處所，只是個將人定罪示眾的地方。

「辦得到。不過，讓我想想，當我快被殺的時候，妳能不能救我？」

「當然可以。」

「……雖然是我自己要拜託妳的，但妳曉得那樣做等於跟世界為敵嗎？」

我感到有些不安，便問了艾波納一句。

萬一艾波納太低估雅蘭教的力量，我非得跟她講清楚。

利用心存誤解的艾波納並不是朋友該有的行為。

「我曉得啊。但是，我必須保護朋友……何況，我得遵守跟你之間的約定。你說過當我不再是我的話，就會動手殺我吧？那是只有你能辦到的。所以要是你被殺或被抓，我可就困擾了。」

與巨魔魔族交戰的過程中曾連累同學，因而表示不希望再戰鬥，還哭著說害怕自己變得不是自己的艾波納跟我這麼約定過。

「是有這麼一回事。」

「你忘記的話，我會生氣喔。」

「誰會忘啊。」

我可是為此才被召喚到這個世界的。

身為朋友，我會盡全力避免讓艾波納毀滅世界……盡力以後還是不行的話，到時候為了我重視的人，也為了艾波納自己，我會殺掉曾流淚表示不想再傷害任何人的她。

「那麼，我要走嘍。」

艾波納轉身離去。

我目送她離開，並且拋開臉上掛著的笑容面具。

「……她是個好女孩，但心思不夠縝密。」

當我如此嘆息時，身後就傳來有東西落在地上的沉沉聲響。

是個被繩子綁起來，嘴裡塞了布的削瘦男子。

隨後，有一陣收斂的腳步聲接近而來。

「嚇了我一跳，沒想到真的如少爺所說，有人在監視你們倆。」

身穿制服的塔兒朵隨後出現。

我要她跟在我們後面，還交代若是有人監視我們就要捉住。

所謂的雙重跟蹤。

從事監視之際，把太多心思放在目標身上往往會讓自己變得有機可乘……基本上犯這種失誤的都屬於二流就是了。

可悲的是，盯著我跟艾波納的人就屬於這種二流水準，沒兩下就被塔兒朵逮住了。

我觀察倒在地上的男子。

……不，就這次而言，監視者似乎並非二流。

「妳進步了。」

「呼咦？」

「傷痕只有後腦杓一處，證明妳是從背後一擊讓他癱瘓，而且對方連妳靠近都沒有發現。他是行家，對付行家能辦到這種技倆是值得驕傲的。在妳這個年齡，有如此火候的人可不多。」

並非監視者屬於二流，而是塔兒朵成了超一流。

「哪、哪有啊，是因為少爺教了我好多。」

「光靠那樣到不了這種水準，妳相當努力。」

前世的我在被交代退休去當教官之前，也有過培育幾名學生的經驗。

比她有天分的學生多得是，能成長到她這種水準的學生，我卻只認識一個。

……說來老套，但她是勤學的天才。

我摸了摸塔兒朵的頭，她就紅著臉任我擺布。塔兒朵想要擺出毅然的臉孔，表情卻還是逐漸放鬆。這就是塔兒朵的風格，很可愛。

我從塔兒朵的頭上挪開手，她才依依不捨地跟我分開。

「那麼，來處理這傢伙吧。」

被綁住的男子恨恨地朝我瞪過來。

塔兒朵不會糊塗得殺掉情報來源，人還活得好好的。

我早猜到敵人會安排像他這樣的監視者。

能攔住我的頂多只有艾波納，因此雅蘭教只能利用她，然而艾波納跟我是朋友。雅蘭教也有考慮艾波納背叛的可能性。既然如此，派人監視可以說是理所當然要有的防備。

……而且正因為是理所當然要有的防備，才容易預測。

「塔兒朵，之前上課時有提過吧，關於宗教的危險性和有益性。」

「是的，執迷信仰的信徒會放棄思考，堅信宗教在所有方面都是正確的。他們跳過了思考的過程，所以說也說不通。當成道具使用固然非常方便，但是在敵對的情況就不能視為人類，要當野獸來對付。」

「正是如此。而且，妳捉到的就是那種執迷信仰的信徒。」

「唔唔！唔唔唔！唔唔！」

男子死命掙扎。

他絕對不會承認自己是雅蘭教的手下。

諜報員要是自報身分，會對組織造成打擊。他不可能容許這種事。

「為什麼少爺看得出來呢？」

「聞氣味。雅蘭教有特殊的薰香。除非付出一大筆捐款，或者有莫大貢獻才能領到的薰香氣味已經附著在這個男人身上了。」

原本那是為了讓信徒有優越感才想出來的產物。每個宗教為了製造熱衷信徒，過程中都會運用到階級制度，而且是以盡可能容易理解的形式。

優越感會讓信徒更加沉迷於宗教。

在組織當中，我比那傢伙更有貢獻，比那傢伙更受到認同——如此的感情比什麼都能激起忠誠心。

被捉的監視者並不是靠錢，而是靠貢獻才成為那種特別的信徒吧。

不過，該遺憾的是他選了薰香這種形式。當成好辨識的勳章固然出色，但是諜報員在自己身上留標記只能說是愚蠢。

「真不愧是盧各少爺！不過，既然是執迷的信徒，即使放他一條活路，也不會告訴我們情報對吧……那麼，要殺掉這個人嗎？被雅蘭教知道艾波納同學站在少爺這一邊就不妙了吧？如果用少爺之前在學園打造的工坊熔爐，一瞬間就可以讓他化成灰，處理起來也很輕鬆。」

「唔唔——！唔唔～～～～～～！唔唔唔唔唔唔！」

身為嬌憐可人美少女的塔兒朵口中冒出那些聳動字句，讓男子聽得大鬧。

「我不會那麼做。如果他下落不明，雅蘭教會懷疑出了什麼狀況。妳試著想想看，要怎麼做才好？」

諜報員消失行蹤的話，這一點本身就足以構成可觀的情報。

「好難喔。讓他成為朋友是最好的……可是，這個人又講不通……即使對他拷問，他也會覺得自己可以為了神明忍受痛苦很厲害，就陷入自我陶醉對不對？呃，對不起，我投降。」

「給妳六十分。讓他成為朋友是正確答案，我要讓他去散播有利於我方的情報。」

「要怎麼做呢？明明懷柔和拷問都行不通耶。」

「妳要看著學起來。我很久沒有為妳上這種課程了。」

最近幾乎都在對付魔族，跟圖哈德家背地裡的工作就離得遠了。像這種會弄髒手的差事讓我感到久違。

話雖如此，我的本職為暗殺貴族圖哈德。

有這麼好的教材，沒道理不用。

「我會努力學起來的！」

塔兒朵並不算天才。

然而，她既勤勉又直率。

她肯定能更上一層吧。

那麼，這需要做許多準備。

如塔兒朵剛才所說，這種人說不通，對痛楚的忍受力也強，用正攻法難有效果。

所以，我要利用人體，尤其是腦部的結構。

感情與反應的差異。只要利用對生物來說無可抗拒的部分，就可以為所欲為。

我把前世的技術與這裡的魔法融合，創出了更具效果的手法。

對他是不好意思。

然而，不巧的是面對想算計我，讓我蒙上世界公敵的罪名，並且笑著置我於死地的

那些人，我的為人可沒有良善到願意手下留情。

Episode16

第十六話 暗殺者出行

The world's best assassin, to reincarnate in a different world aristocrat

載著Ｓ班全體同學，再加上Ａ班名列前茅者的馬車出發了。

表面上，我、蒂雅、塔兒朵因為打倒魔族有功，將在聖地接受表揚。

可稱世界宗教的雅蘭教為我們安排了典禮，還請到雅蘭・嘉露菈親自表揚……因此，同學們都大感興奮。

（不過那終究只是表面上的說詞。）

假扮教主的魔族已經使計，讓雅蘭・嘉露菈指證我根本聽不見女神的聲音，還散播流言說我是假傳女神旨意的缺德之輩。

假傳女神旨意是重罪。不只亞爾班王國，幾乎在這座大陸的每一個國家都會被當成罪犯。

（假如要瞞著我，他們大可表現得自然一點。）

我忍不住露出苦笑。

我被帶離蒂雅、塔兒朵身邊，兩旁有勇者艾波納以及與她組隊的諾伊修。此外這輛馬車裡還坐了在眾多教官中實力屬於佼佼者的人物。

簡而言之，就是在戒備以免讓我逃掉。

進一步來說，把我帶離蒂雅和塔兒朵身邊是要分散戰力，同時也是為了封鎖住我的行動。

若有人獨自逃跑，剩下的兩個人會受到什麼待遇便不得而知。換句話說，我們各自成了彼此的人質。

「盧各，這會是滿長的一段旅程耶。我一直都待在王都，有好久沒有搭馬車了。」

艾波納隨口與我閒聊，表情卻顯得僵硬。

我從之前就在想，艾波納很不會演戲。

應該說，除了戰力過人，她在其他方面的能力都屬於平庸或以下。

這種不均衡感反而有勇者風格。

「我反而都在各地奔波……搭馬車已經搭煩了。」

「因為你是在替我們奮鬥嘛……對不起，盧各。」

「抱歉，我提這些並沒有要怪妳的意思。」

看到艾波納連連低頭賠不是，讓我想起了塔兒朵。

諾伊修見狀聳了聳肩。

「王都那幾頭只求自保的豬夠讓人傻眼了，空有勇者而不用。我光想萬一沒有盧各就毛骨悚然。」

魔族會栽培【生命果實】，為了讓魔王復活而行動。

【生命果實】是數量破千的人類亡魂。

因此，規模越大的城市越容易被魔族找上，那群豬玀深怕王都會在勇者不在時成為目標，使自己失去性命與財產，勇者艾波納就一直被留在王都。

假如艾波納能任意行動，或許我就不用賭命跟魔族作戰了。

（正是這一點引發了某種意料外的狀況。）

雅蘭・嘉露菈提過，女神與魔族之間的對話中有一句「這次的勇者未受消耗」。

原本就算再怎麼把勇者綁在王都，既然能打倒魔族的只有勇者，勇者就必定會有在某處上場的機會。

然而，這次卻有我在。即使翻遍文獻，也查不到以前有勇者以外的人打倒魔族。

「就是啊，我也受夠了。真想拋開【聖騎士】這樣的職位。」

「呵，盧各，你以外的人說這種話聽起來會像諷刺，不過你真的對那些頭銜都沒有興趣呢。」

「諾伊修，我會設法說服上面的人……我們不能總是讓盧各硬拚。」

我的立場是希望勇者加把勁，因此我不會阻止艾波納。

跟魔族交戰，對我的好處頂多只有累積實戰經驗。

最近我也覺得這類實戰經驗已經夠多了。

就這樣，我們三個跟普通同學一樣聊得興高采烈。

看起來實在不像勇者、罪人以及魔族的隨從。

◇

入夜後，我們的隊伍就地野營。

畢竟馬的視力在夜裡不靈光，雖然說隊伍在行經的城鎮換過馬，馬本身的體力也有極限。

這次使用的馬車是附了睡鋪的車種，空間寬敞，還備有折疊式雙層床，因此可以在馬車裡過夜。

我好奇塔兒朵和蒂雅的狀況，想去見她們卻得不到允許。

擔心是不至於。

基本上，她們倆經過【追隨我的眾騎士】強化以後，能拿她們有辦法的頂多只有我身邊的艾波納與諾伊修。

如果教官們聯手，即使她們倆打不過也還是逃得掉。她們身為暗殺者的助手，隱密行動的訣竅學得比戰鬥技術還多。因為相較於變強，設法存活才重要。

用餐完畢以後，由於沒事可做，當我打算回馬車睡覺時，諾伊修就拉了我的手。

「要不要去看星星？這一帶離我的領地很近，我曉得視野良好的觀星地點。」

監視我的那幾名教官露出詫異臉色，並且提高戒心。

諾伊修則以眼神制止他們。

「好啊，聽起來不錯。從這裡看見的天空，跟圖哈德領不同。」

邀我去看星星是表面話，諾伊修應該是想談兩人獨處才能細說的話題。

◇

走了一段路便來到湖畔，確實能欣賞到優美的星空。

映有星空的湖面很是美麗。

諾伊修朝我笑了笑，然後把食指湊到脣邊。

見狀，我不動嘴脣，藉著獨特的發聲方式讓外界看不出我在用魔法。

那是一道將我和諾伊修包裹，還可隔絕空氣流動的魔法護膜。

所謂的聲音就是空氣振動，能予以抑制便聽不見聲音。

換句話說，儘管人在室外卻好比躲進隔音間。

我跟諾伊修受到那些教官監視，但這樣就不會被聽見講什麼了。

「現在要談什麼都無妨。」

「你那魔法真是方便呢，能不能也教教我？」

「諾伊修，你沒有風屬性的資質，所以學不成的。」

「那就遺憾了。」

風是使用起來挺方便的屬性。雖然我選了四屬皆通，假設非得選一種屬性，我會選擇風。

「所以呢，你不惜冒著風險也想談的是什麼？」

「啊，關於這個嘛，你踏進陷阱嘍。在抵達聖地之前，你就會被下藥迷昏，然後在絞刑台上接受獵巫審判。」

「我想也是，畢竟我現在是冒用女神名諱的缺德之徒。」

所謂的獵巫審判在這個世界也有舉行過。

被魔物假冒人類的流言耍弄就會走向這種結果。

即使是不同的世界，仍發生了類似的狀況，恐怕是因為人類屬於在猜忌下就會神智失常的生物吧。

「……原來你已經知道這麼多啦。」

「是啊，順帶一提，我也知道現在的教主是魔族。」

「看來並不是艾波納洩漏給你的……果然，在我的騎士團就是要有你這種人才。」

諾伊修成立的騎士團只聚集了有才氣的年輕人，那是用來助他實現夢想的組織。我否定這個組織，把諾伊修逼上絕路，造成了他屈服於蛇魔族米娜誘惑的原因。

「我的答覆並沒有改變。」

「我也沒有打算邀你入夥啊。你已經到了離我遙遠的境界，我的器量容不下你……不過這是指目前。」

「是嗎？你想談的就這些？」

「錯了喔，我要給你建議。假扮教主的魔族，它的外號是人偶師……米娜大人要我轉達這件事讓你知道。」

「值得感激的情報……人偶師，我翻遍文獻也沒有關於它的記載……」

「哎，應該的吧。誰教它是人偶師。」

人偶師，從名稱可以聯想到的是操縱人偶的能力。

本尊應該會躲起來，讓人偶跟我交手。

當中有跡可循，八名魔族中有七名在各個時代記載的內容都具一致性。

然而，只有其中一名在每個時代都截然不同，簡直像別種存在。

假如其能力正如人偶師這個外號所示，也就可以理解。文獻記載的並非人偶師，而是被操控的人偶。

「情報就只有這樣？」

「嗯，就這樣。讓你期望落空了嗎？」

「不會，已經夠了。缺了這項情報的話，有可能對我造成致命傷。」

會遭到獵巫審判在我的預料之內。

而且，我有個方案就是在獵巫審判的過程中殺掉教主，讓眾人見識魔族的再生能力來證明對方是怪物。

魔族的再生是強制且自動進行的。

跟巨魔魔族交手時，我做了各種驗證。在那當中，我試過將腦袋轟掉是否仍會自己長回來。

沒有大腦就無法思考，即使如此仍可再生就證明當中沒有思考介入。

轟掉腦袋以後，再生的現象一旦出現，任誰都會察覺那是怪物。

然而，假如對方並不是魔族，而是被魔族操控的人偶就另當別論了。

我會淪為單純的殺人犯，就此社會性死亡。

「米娜大人也很高興喔。她還說希望以後能繼續禮尚往來。」

「行啊，我也會履行我的義務。」

至少蛇魔族米娜似乎還想利用我。

得知教主是人偶以後，我準備的方案就有一種不能用了。

不過，反而也有是人偶才可為之的手段。

我要想想利用這一點的方案。

殺掉教主讓其再生的方案優先度本來就沒有多高，新的方案也絕對不會排在第一候補。

這單純是因為風險太高。

假如用正攻法就能了事最好。

即使如此，我仍要用全力擬出方案。

在暗殺工作中，出乎意料的狀況再多都有可能發生。正因如此，我才要仔細擬定備案。

作戰方案在我腦中逐步擬出。

我進一步思量該方案的成功率、風險，跟既有方案做比較並排定優先順序。

（也得轉達給蒂雅和塔兒朵知道。）

我們是以團隊來行動，只有我知道方案也毫無意義。

「諾伊修，差不多該回去了吧，開始冷了。」

「好啊，就這麼辦。」

我跟蒂雅、塔兒朵被分隔開來。

就算這樣，要轉達情報並沒有多困難。

我們有通訊機。只要是在兩公里內，就算沒有大型主機也可以互相通訊。

更重要的是，這個世界連通訊機的概念都沒有。打個比方，我們就算明目張膽拿起來使用也不會有問題。

我就一面確認她們倆的狀況，一面確實知會她們新方案吧。

Episode17

第十七話　暗殺者再赴聖地

The world's best assassin, to reincarnate in a different world aristocrat

隔天，馬車趕一大早就出發了。

看來塔兒朵和蒂雅似乎各自搭乘別的馬車，而且野營地點離我這輛馬車有幾百公尺遠。

她們倆也有受到監視，但並沒有像對我這麼森嚴。

儘管我們是以團隊進行活動，雅蘭教似乎仍認為只有我具備特殊的力量。

話雖如此，負責監視她們倆的是高年級S班……具體來說就是以妮曼為中心的頂尖隊伍。

（原來如此，我向妮曼徵求協助時，她會二話不說就答應正是因為這個理由。）

這次對抗魔族，我也有向妮曼徵求協助。要在已經遭到設計的狀況下將局面翻盤，光靠我們這幾個人手是不夠的。

畢竟受到監視的不只我，也包含蒂雅和塔兒朵，我們需要一個能任意行動的幫手。

並不是任何人都行，必須是理解這次的事情，還願意為我們撐腰的人物。

我只想到妮曼是符合條件的人選。

不過，原本我以為向妮曼徵求協助也有困難。

在騎士學園升上高年級以後，就會接到幾乎與正規騎士無異的各項任務，平時大多不在學園裡，就算是洛馬林家的千金也不能無視任務。在學園的期間，她也沒辦法利用公爵家的威名。

儘管如此，她能接下我要求協助的委託，是因為原本就有要務必須來聖地……那是指監視蒂雅和塔兒朵就是了。

（有監視的名義倒是方便。畢竟蒂雅和塔兒朵自然就可以把我這邊的作戰方案轉達給妮曼。）

而我們目前是在午餐時間休息，不過，我的頭稍微痛了起來。

（對圖哈德家用這種馬虎的下藥方式，可真是把人看扁了。）

午餐的湯裡面摻了安眠藥與肌肉鬆弛劑，用的卻是帶有氣味的種類。基本上，湯類在野營時受到歡迎就是因為烹煮省事，一次可以煮一大鍋，對方卻專程找了另外的小鍋煮我的份，等於提醒我要抱持疑心。

我派塔兒朵給人下藥的話，她起碼會選擇味道與氣味較淡的藥，再選擇香味與口味較重的湯類來掩飾藥味才對。

我壓抑著傻眼的情緒，把湯含進口裡。

一邊品嚐一邊推測毒的種類。
我從小攝取毒素，體內原本就有抗體，還可以靠【超回復】在短時間內解毒。
縱使攝取這種程度的毒素，對我也不成任何問題。
然而，如果藥效不彰，可以想見對方為了讓我癱瘓就會來硬的。
既然艾波納相信我是清白的，要硬碰硬也不足為懼……不怕歸不怕，對往後的生活卻會造成影響。
所以我得特地推測一般人被下藥會有什麼反應，然後有樣學樣地演給對方看。
毒差不多會在十分鐘後生效，身體將漸漸變得沉重，視野開始模糊，使我一根手指都動不了，最後陷入沉眠。
我照著推測表現出中毒的反應。
那些教官毫無疑心，還動手將我羈押……連我是裝睡的都沒有發現。
（對付具備魔力者的羈束【魔法士剋星】，是用來限制罪犯的正式戒具。光是給我戴上這個還不夠，他們又塞了更加強效的口服肌肉鬆弛劑。）
具備魔力者即使空手也無異於持有武器。
就算被關進牢裡，只要使個魔法即可輕鬆逃獄。
因此，專用的戒具就被研發出來了。
那是一種可以讓凝鍊出來的魔力消散掉的道具，戴上以後連一流的具備魔力者都用不了魔法。對方給我戴了三道。

……唉，就算用這種玩意兒，我一樣能用魔法就是了。令魔力消散的效果強大，但是消散掉的魔力會瀰漫在周圍空間。

我藉著【編織術式者】的效果，已經跟蒂雅研發了好幾種魔法。因此，我們也有研發出專門的魔法用來對付【魔法士剋星】這種具備魔力者的天敵。

那就是可以收集被【魔法士剋星】消散到空氣的魔力，並加以運用的魔法。用這招便能破壞【魔法士剋星】。

（【魔法士剋星】隨時可以破壞，所以無所謂，問題在於肌肉鬆弛劑。）

意思並不是我的毒物抗性與【超回復】無法因應其效力……而是我要假裝藥劑對我有效會極為困難。

（服下如此強效的藥劑，連膀胱與括約肌都會鬆弛，落得糞尿失禁的下場……要是我不這麼演，或許就會被看穿藥對我無效。）

換成前世，我不會感到任何抗拒。

可是，現在的我不想那麼做。

我不想在蒂雅或塔兒朵面前出醜。我有了這樣的弱點。

受不了，找回人性也有值得我深思之處。

◇

結果，後來我還是逼著自己失禁了。比起自尊，我更重視藥力生效的演技。

無論怎麼想，攝取那種藥以後不失禁才奇怪。

幸好立刻有人替我換了內褲與外褲，但是這同樣讓我感到屈辱。

還有，好玩的是當我假裝失去意識以後，對方就接二連三地洩漏情資。

據說抵達城鎮後，我將被移交給教會，要直接讓我接受獵巫審判。而且，教會將視審判的結果研議是否處以極刑……說是這麼說，考慮到教會權威必走向處刑之路。

聽起來似乎並不是每個教官都盲目相信教會，當中也有人認為應該保我。

只不過，因為這是來自國家的命令，身為軍人總不能違抗。他們是這樣想的。

（真要聽信教會的指示把我交出去嗎……王都的那些豬玀到底懂不懂啊？明明沒有我的話，艾波納就無法駐守在王都了。）

看來中央的人對世界宗教頗為忌憚。

我賭命打倒魔族，立下功績，如果被這麼乾脆地切割，內心會無法釋懷。

我想起父親以往說過的話。『圖哈德家是為亞爾班王國斷絕病灶的一把刀。我們要懷著這份驕傲來貫徹正義……但是，國家只把我們視為消耗品。若有必要，就會將我們割捨。』

早從一開始就知道了，暗殺者正是這樣的存在。

再沒有比這更不划算的工作。

但我還是要揮動利刃，因為我想保護圖哈德領，保護我的父母、蒂雅、塔兒朵與瑪荷所住的地方，保護這樣一塊屬於我的歸宿。

受到這般對待，我的信念仍未動搖。

正因如此，哪怕這個國家要將我割捨，我一樣會本著信念做我該做的事。

我該做的就是……

（對，我要將其切除。切除病灶……我會為了自己，為了我重視的人，將那些害蟲驅除。）

把這份意念化成利刃藏在心裡的我……就這樣被交給教會了。

我在教會又被注射了其他藥物，興奮劑、酩酊劑再加上大量酒精。

若是常人，根本沒辦法正常對話，簡直像發燒昏了頭，理性蕩然無存……沒錯，講起話來只像惡魔上身一樣。

在這種狀態下接受獵巫審判，結果可想而知。

教會的做法恐怕就是如此。

無論什麼樣的聖人都將醜態畢露，建立的功績與信賴全數掃地，進而發揚出教會的正當性。

很有手腕的做法。

然而，遺憾的是下藥對我無效。我要用萬全的狀態迎接獵巫審判。

Episode18

第十八話 暗殺者挑戰獵巫審判

The world's best assassin, to reincarnate in a different world aristocrat

聖地的中央廣場設有斷頭台，那正是獵巫審判的會場。

在斷頭台後方有格外講究排場的椅子擺成扇狀，盛裝打扮的五名教會大人物就坐在那裡。

他們正是這場獵巫審判的檢察官兼法官與陪審團。

檢察官、法官與陪審團都是同一批人，以法庭而言缺陷也夠明顯的了。

而且，旁聽的群眾亦即聖地居民，也都是雅蘭教的熱衷信徒。

這代表他們都把教會大人物視為神的代理人。

我連在前世也沒有看過這麼糟糕的審判。

我的服裝已經被人換成囚衣，手上戴著三道【魔法士剋星】，脖子已被固定於斷頭台上……在這種狀況下……

「從現在開始，將對假傳女神神諭的大罪人盧各·圖哈德召開宗教法庭！」

嗯，不稱作獵巫審判，而是宗教法庭啊。

用哪種名義都無所謂。

對方已經鬆懈，還以為我中計了。

他們一方面有隱約察覺擄走雅蘭．嘉露菈的人是我，另一方面又認定只要制住我、蒂雅、塔兒朵的行動，就沒有人能在法庭上拿出那張王牌。

我會抓準這個破綻……要他們的命。

這才是暗殺者的做法。

◇

旁聽者連呼「制裁他！制裁他！」的激動喊聲撲面而來。

我觀察周遭的狀況。

蒂雅和塔兒朵都有受到監視，但是她們依然各就各位。

還有，妮曼跟帶著兜帽的女子待在一起。她對我打了暗號……從頭到尾萬無一失。

教主六十多歲，是個派頭與地位相符的瘦高男子。

不過細看會發現他兩眼無神。

更讓人驚訝的是，當我用可以目視魔力的圖哈德之眼一看，才知道有魔力織成的絲像懸絲傀儡一樣連在他的心臟。

我還明白了一點，教主的魔力全是從那條絲灌注而來。

人們認為只有具備魔力者身上才會有魔力，但精確來說是錯的。

除了具備魔力者，只要是有靈性的生命，身上都會有些微的魔力流動，包含人類以外的一切生物。明明如此，他身上卻沒有產出半點魔力。

（教主已經死了……）

原來人偶師的外號是由此而來。

那並非操控生物的力量，而是操控人偶的力量。

明明假如能留一條生路給教主，讓他活著會比較好利用，敵人之所以要支配屍體，想必是能力上有相關的制約。

可以斷定蛇魔族米娜給的情報正確。

「朗讀罪狀！盧各．圖哈德膽大妄言，竟自稱蒙女神選召，其行為始終目中無人，不可饒恕！」

喊著要制裁我的聲音更加熱烈了。

光是群眾沒有嚷嚷著要殺了我，就該佩服世界宗教大本營實在調教有方。反正制裁用的是斷頭台，對他們來說八成也沒有多大區別。

「證據就是女神已經透過教中巫女雅蘭．嘉露菈傳諭！祂要我們制裁這虛偽造假的【聖騎士】！罪人盧各．圖哈德，你若要申辯可在庭上發言。」

魔族特地玩這種麻煩的把戲有幾個理由。

首先是要除掉對魔族而言，威脅性逐漸變得比勇者還高的我。

再來，是要對艾波納造成消耗。

假扮教主的魔族已經料到——借蛇魔族米娜的詞來講就是人偶師已經料到，一旦走向判處極刑的局面，我就會抵抗。

這樣的話，與我戰鬥就是勇者的工作。

一方面能除去魔族的敵人，另一方面又可以折磨都由我代勞擊敗魔族而未受消耗的艾波納，一石二鳥的策略。

正因如此，我該做的就是打破前提。

幸好艾波納是我的朋友，我說的話比教主更能取信於她。

（要活得像個人。正因為我做了這個選擇，才會去摸索殺害艾波納以外的路，跟她變成了朋友……這讓我得以從困境中得救。）

萬一我只想著要殺勇者，就跟艾波納疏遠，她應該已經聽從教主的指示對我舉劍相向了。

我還有一個要打破的前提。

想予以實行，就必須了結這場荒謬的獵巫審判。

被打藥的我根本無法正常反駁——對方應該是這麼想的。

為了利用這種臆斷，到目前我特地演了一場受藥效所制的戲。

從死角悄悄逼近，針對破綻下手才是暗殺者之本。

死角或破綻更不是枯等就會有的，要設法製造。

來吧，讓我展現布局的成果。

「【神威】。」

三道【魔法士剋星】迸裂炸開。【神威】之效就是藉【魔法士剋星】發散在空氣中的魔力來行使魔法。

只要魔力充盈體內，鎖鏈根本發揮不了意義。我扯斷鎖鏈，使勁讓固定在斷頭台的脖子從中掙脫，然後轉了轉肩膀。

「衛兵們，將罪人拿下！」

有六名衛兵同時撲向我……只是普通的人類嗎？彼此懂得相互配合，本事也不賴。

然而，在當下並不是我的敵人。

我閃過衛兵，以柔勁讓他們一個個脫臼癱瘓。

幾秒鐘後，現場站著的只剩我了。

每個人都對我高超過頭的身手看呆了。

我在這種狀況下舉起雙手。

「別誤會，我沒有打算逃避獵巫審判……不對，要說宗教法庭嗎？因為這樣才方便說話，我只是卸下礙事的玩意兒罷了。」

「你這傢伙，是用了什麼花招破除【魔法士剋星】！」

我自信地當眾笑了笑。

同時還施展風之魔法。

那只是用來擴音，功能極為單純。

但是，擴音在這裡有其意義。聲量在對民眾動之以情的時候可以成為一大優勢。

我還將聲線略作調整，好讓嗓音更清亮，給人更誠實的印象。

很多人對演講這碼事有所誤解，並不是把話說得動聽就好。

所謂演講，就是連演帶講。要靠舉手投足、表情、聲音、聲量、抑揚頓挫、外貌，靠這一切來進行演出並吸引人心。

「這是女神大人的奇蹟啊，女神大人救了我。我被你下的藥，也被女神大人淨化得一點都不留了。」

聽眾隨之鼓譟。

不只教主，連坐在扇狀座位的那些高階神官都開始大呼小叫。

然而，悲哀的是就算我能聽見，他們的聲音也傳不到觀眾那邊。有這麼多教徒在場觀摩，他們竊竊私語的音量雖小，然而大人物們光扯開嗓子是無法讓聲音傳過去的。

在這場獵巫審判中，既然有權判決的是那些人，要在庭上辯贏絕無可能。

正因如此，起初我在腦海裡描繪的勝利方式就只有一種。

既然我的勝利條件是掌握旁聽者的心，加大音量蓋過那些神官的聲音才是最省事的做法。

我無視鬼吼鬼叫的神官們，繼續把話說下去。

「女神對我一見傾心，賜予我打倒魔族所需的一切，我遵照祂的旨意，一路打倒了三名魔族！區區人類辦得到這種事嗎！我全靠女神祝福才有此壯舉。」

聽眾的鼓譟聲進一步加大。

聽得到各種意見，他們的心在搖擺。

再怎麼給我安上冤枉的罪名，唯有實際的功勞是抹不去的。而且，有勇者以外的人成功殺死魔族這一點也無人能夠說明。

話雖如此，雅蘭教教主這塊招牌的威名似乎尚在，沒多少人相信我的說詞。

整體氣氛從斷定我是罪人轉變成困惑。

既然這樣，要出牌就趁現在。

我給出暗號。

聽眾當中有幾個人起了反應。

那麼，接下來才是重頭戲。

Episode19

第十九話 暗殺者破敵

The world's best assassin, to reincarnate in a different world aristocrat

我一邊讓思緒運作一邊窺伺周遭的狀況。

事前已經備有好幾套方案。問題在於，要用哪一套。

決定這一點的最大關鍵是觀眾的氣氛。

畢竟這是我在社會上能否繼續存活的重要關頭，容不得失手。

要我拋棄盧各·圖哈德的姓名，改以別人的身分活下去並非多麼困難的事。為此我已有準備。從事暗殺者這種隨時被切割也不奇怪的行業，就要預先買好保險。

……但是，我不想選那條路。我愛著以盧各·圖哈德身分走來的這一段人生，愛著陪我一同走來的人們，也愛著圖哈德領。

因此，我非得在這裡取勝，非得贏回盧各·圖哈德的清白。

「罪人，這話實在可笑。你說枷鎖是靠女神之力解開的？哼，那正是你身為惡魔的證明！」

不知為何，教主說話跟我用擴音魔法有同等的音量。假如他用了魔法，圖哈德之眼應該能看出魔力的流向。

細心觀察以後，我總算看出端倪。

對方單純是扯開了嗓門而已。

只不過，他解除了腦區限制並且自傷喉嚨來反駁。應該是因為身為人偶，才能無視大腦保護身體的機制。

這下不可能讓觀眾只聽我單方面的說詞了，不過這倒也無妨。

「不然，我問你。你口中的惡魔為何要一路打倒魔族！你口中的惡魔又為何要一路拯救人們？」

「我沒興致聽惡魔胡說八道！勇者艾波納，斬了這個使用惡魔之力的傢伙！」

教主將視線轉向佇立在處刑台旁邊的艾波納。

這應該說是理所當然的準備。

假如我用了某種手段掙脫束縛，治得了我的人只有她。

艾波納若要認真動手，輕輕鬆鬆就能逮住我。

不過……

「我沒有感受到惡魔之力耶……我想聽盧各的說法。這並非處刑，而是審判吧？」

艾波納願意相信我。教主，不，躲在教主背後的人偶師算錯了一件事，那就是他不知道我跟艾波納的友情。

「我看得出來！身為雅蘭教的教主，我看到了附在這名罪人身上的惡魔！因此非得將他處刑！」

「在那之前，我倒是希望你先回答剛才的問題。我是惡魔的話，為何要打倒魔族？又為何要拯救敵人？人會說謊，可是，人的行為並不會說謊。」

「不准你再用惡魔的甜言蜜語蠱惑大眾！」

無法構成討論。他一點也沒有回答到我的問題。

正常來想，觀眾會厭惡這種敷衍的說詞才是……

（不愧是雅蘭教的大本營……說是信仰虔誠倒好聽，但這群受到洗腦又放棄思考的人已經無條件把我視為敵人了。）

相較於姑且說出一套道理的我，群眾更相信單純強加的罪名。

理由只是那出自雅蘭教教主之口。

我早就料想過這種局面，卻沒想到會如此嚴重。

照現狀看來，再多說什麼都沒用。

（所以，我要先改變前提。為了讓雅蘭教信徒把我的話聽進去，只能靠地位比教主更高的權威來對抗。）

我朝觀眾打出事先講好的暗號。

打暗號的對象既不是蒂雅，也不是塔兒朵。她們已被發現是我的同夥，身旁都有人監視，因此不能輕舉妄動。

她們倆固然有能力甩開監視，可是甩掉以後將引起多餘的戒心。

所以，我向妮曼徵求了協助。

妮曼接到我的暗號。

在她旁邊有個將兜帽深深戴到眼前的女子。

妮曼牽著她的手，奮力衝向處刑台。

當然，處刑台周圍有眾多衛兵，但他們根本擋不住身為人類最高傑作的妮曼。

儘管身邊帶著一個包袱，她應付衛兵簡直就跟應付小孩一樣輕鬆。

其動作猶如優美的舞蹈。每當妮曼碰觸到那些衛兵，他們就好像輕盈得體重不存在一樣飛了出去，然後重摔在地上，引發腦震盪當場昏厥。

很靈巧的技倆。居然能在重重不利的條件下令敵人癱瘓，還避免傷到對方。

更重要的是……

（沒想到公爵家的千金肯為我冒這種風險。）

我只有拜託妮曼把人帶到我身邊。

憑她的本事，即使不用這麼醒目的手段也還有更精明的辦法才對。

然而她沒有低調行事，是出於對我的信賴。而且用這種方式演出，更能加深群眾對下一套方案的印象。

坐在半圓形席位的高階神官愣了半晌，回神後就氣得滿臉通紅，對妮曼破口大罵。

「妳瘋了嗎！」

「縱使妳貴為亞爾班王國的四大公爵家千金，也別想善罷干休！」

「違抗代傳女神大人旨意的雅蘭教，就等於對女神大人心存反意！」

人們從小就被教導高階神官是神的代言者。

一旦遭受他們的抨擊，只要是居住在這座大陸的人，任誰都要跪地求饒。

然而，妮曼沒有那麼做。

她優雅地撥起頭髮，露出微笑。

「幾位這麼說可就怪嘍。我對女神大人心存反意？誤會大了呢。我是為了女神大人才來這裡的。」

「這哪叫為了女神大人！立刻退下，對妳的處罰日後自會發落……不，慢著，只要妳逮住那名罪人，這件事就不予追究，本著女神的慈悲！」

嗯，雖然他們都擺著架子，似乎還是會怕解開戒具的我。

唉，這也難怪。既然勇者艾波納不肯行動，在場就沒有人能攔我了。

妮曼的能耐……不，洛馬林家的作品有多優秀，早已是國內外皆知。

神官會認為她有可能擋住我也不是什麼奇怪的事。

「我從剛才就一直很好奇，為什麼憑你也能自詡為女神大人的代言者呢？這可是對祂的不敬。」

「我們雅蘭教的高階神官對女神大人的意念都有深刻理解，自可為祂代言。」

觀眾贊同這些話，還給予聲援。

「那不過是你的想像。我不會聽從那樣的指示，畢竟，我是奉真正的女神大人之命才來到這裡的……您說是吧，雅蘭．嘉露菈大人？」

妮曼身旁的女性將深戴在頭上的兜帽掀開。

頭髮純白如雪，白皙肌膚宛如人造物，效法女神的打扮當場顯露。

「我是雅蘭．嘉露菈，我……」

我託妮曼送過來的，正是雅蘭．嘉露菈本人。

她被妮曼帶出原本藏匿的避難所了。

我說的話無法打動群眾。

因為教主的話是替女神代言，我的話就是惡魔呢喃。

只要這項前提存在，說什麼也沒用。

所以，我要打破這項前提。雅蘭．嘉露菈身為女神的憑依體，講話比掛著教主頭銜的酒囊飯袋更有分量。

由雅蘭．嘉露菈洗刷我被安上的罪名，取得對等的立場，用邏輯戰勝敵人。

這便是我的制勝方案。

當妮曼把雅蘭．嘉露菈帶上舞台時，幾乎就分出勝負了。

然而，我的第六感正敲響警鐘。

有某種看不見的東西潛入我體內。

潛入的某物在我體內紮根，身體的感覺逐漸消失。

「【精煉】、【加工】。」

一回神，我已經用了土魔法。

造出金屬，將其塑為短刀外型，我所擅長的魔法。

身體出現與我本身意志無關的動作。

人偶師……這個字眼在我的腦海裡浮現。

不對勁，這不可能。

我用圖哈德之眼看見了連在教主身上的絲。

而且，從我得知敵人是以絲進行操控時，對於自己受到操控，還有最強戰力艾波納受到操控的這兩種狀況，就一直保持最高警覺。

可是，絲卻在不知不覺中連到了我身上。

被擺了一道……人偶師從最初就造出了隱形的絲，還刻意讓我看見連在教主身上的絲，就是為了讓我認定絲看得見。

原來如此，難怪蛇魔族米娜會有戒心。看來剩下的魔族當真都屬於另一個層次。

腳停不下來。

我沒辦法抵抗。

我舉起自己用魔法造出的短刀，還施展體內熟習的暗殺者招式，準備砍下雅蘭．嘉露菈的頭。

（啊，我懂了。敵人察覺雅蘭．嘉露菈被擄走，卻沒有採取什麼像樣的因應對策，原來就是為了使出這一手。）

人偶師早猜到我會把雅蘭．嘉露菈帶到現場。

更進一步來說，或許對方也察覺到我跟艾波納之間的友誼了。

好比說，蛇魔族米娜把人偶師的情報洩漏給我，如果她反過來也把我的情報洩漏給人偶師，那就大有可能被敵方察覺。畢竟我跟艾波納關係親近是連諾伊修都知道的。

因此，人偶師才刻意讓雅蘭．嘉露菈逃掉，就能在眾目睽睽之下操控我，讓雅蘭．嘉露菈死在我手上。

如此一來，便可以殺掉不聽話的女神代言者，進而安插便於操控的人偶。

而且我必然會身敗名裂。連帶地，勇者艾波納就不得不殺我，引我跟艾波納一戰，既可置我於死地，又能對勇者艾波納造成消耗。

一石三鳥。再過幾秒，我的短刀就會劃過雅蘭．嘉露菈的脖子。

我咬緊牙關，隨後……

Episode20

第二十話　暗殺者制敵

The world's best assassin, to reincarnate in a different world aristocrat

我當眾笑了出來。

從聽見人偶師的名號時，我就預料到這種局面了。

還有，明明我擄走了雅蘭．嘉露菈，目睹教會方面低調的應對方式，更加深了我的疑心。

進一步來說，既然要跟號稱人偶師的魔族交手，我早有想過自己遭對方趁虛操控的狀況。

正因如此，對策已經備妥。

被我接在肩膀的第三條手臂穿破衣服，現出形影。

那是神器──之前我從有意算計我的貴族手中奪來的神臂。神臂掃過我的頭頂。

身體頓時恢復自由了。

我收起短刀，及時停下原本的殺招。

（神臂總算派上用場了。）

神臂的特徵就是可以觸及人手無法碰觸之物。無論是魔力、魂魄、瘴氣、靈體，神臂都能一把掌握。

我早在神臂裡做了設定。假如我沒有每隔一段時間送出待機的指令，手臂就會摧毀束縛我的一切外物。

考慮到受敵方操控是最大的風險，即使有正常手段可以對抗，只怕我一受操控會連招式都用不出來。

因此我才設定成什麼都不做便會自動發招。

（唉，雖然把這玩意兒帶在身上費了我不少工夫。）

它的尺寸可以藏在寬鬆衣物底下，但仍是金屬製的手臂，在被人帶上處刑台之前就會遭到沒收。

所以，我是在接受搜身之後才把藏在胃裡的【鶴皮之囊】取出，瞞著教會人員將神臂接到身上。

夾帶暗器對暗殺者來說是基本功之一。

人體有滿多地方可以藏東西，像胃袋就是利用得最為普遍的一個部位。

（真是一群外行，起碼要檢查肚子和肛門裡吧，這是常識。）

換我來的話，要搜身至少會做到這個分上。

當我思索這些時，雅蘭．嘉露菈做了深呼吸，然後轉向現場的群眾。

「請聽我說，教主被魔族操控了。我差點被教主殺害，是盧各・圖哈德受女神引導出手相救，之後我就躲了起來。我以雅蘭・嘉露菈之名在此宣示，盧各・圖哈德正是被女神選上的英雄。」

氣氛轉變了。

眾人看我的眼光竟然像盡棄前嫌似的轉為豔羨。

四處更可聽見「原來如此」、「有這麼一回事啊」的感嘆聲。

那是因為我在擄走雅蘭・嘉露菈當天，就把她用口紅留下的消息傳了出去。

當時的情報操作在這時有了意義。那是我推算到這種局面才留的伏筆。

「而且，我在此宣言。被女神選召的勇者艾波納，還有受到指引的盧各都在現場，當下正是將竊據教會的魔族一舉殲滅的時刻！」

……我認識的雅蘭・嘉露菈並不是在這種場合能隨口編出這些詞的人。

而且內容跟我事先準備的劇本也有差異。

恐怕是妮曼給她出的主意。

不愧是洛馬林家的最高傑作。跟我事前準備的劇本相比，她感受到此時此地的氣氛就把內容改編得與狀況更加貼切。

優秀得令人不敢領教。

那些高階神官紛紛朝我們怒罵，任由情緒氾濫又毫無脈絡，感受不到半點威嚴，簡直像動物的啼聲。

群眾看待他們的眼光則是冷漠。

雅蘭・嘉露菈的發言使其權威剝落，目睹他們原原本本的面貌讓眾人有了感受。如此一來，那就只像作威作福的一群醜陋中年人在鬼吼鬼叫。

在這種情況下，只有教主靜靜地佇立不動。

他完全失去表情，簡直像無力的人偶。

毫無表情的他只顧動嘴巴，彷彿已沒必要再陪我們演下去，聲音裡沒有一絲生氣。

「啊啊啊啊，失敗了呢，失敗了呢。居然剛好讓你得到那副屬於神的玩具，是女神竄改了命運？還是巧合？可惜啊，可惜。」

那種口吻給我的印象跟幼稚的成年人有幾分相似。

「不，就算沒有神臂，我少了一項道具也還是可以應付。」

這並非嘴硬，因為有神臂助陣，我才會採行被敵人趁虛用絲操控也無妨的方案。

如果沒有神臂，我跟對方周旋只要避開那些絲以防萬一就好。

「可以理解。你是因為弱小才有狡黠，有別於怪物，你是為了以人類之軀踏進這種境界而動用小聰明的可悲生物。我懂了，原來這也是一種實力，我會當成參考。」

話一說完，動作僵硬如機械的教主就以快得異常的速度朝我攻來。

聽得見肌肉斷裂的聲音，魔力過載導致魔力迴路短路了。即使如此，教主仍豁盡極限撲向我。

將嘴張大到幾乎要讓下巴脫落的啃咬攻勢。

任對方速度再快，我也沒有蠢到會中這種招式。

我迴身躲開，對方一頭栽在地上，整張臉就這麼陷了進去。多麼離譜的蠻力。

儘管傻眼，我仍施展土魔法。

那是化土為鐵的魔法。

對方是人偶，就算死了也會動。正因如此，我要將其活埋，而且是埋在鐵塊之中。

如此一來，他就絲毫無法動彈。

然而，這樣還不能放心。

畢竟對手是人偶師。

而且這裡能當成人偶的材料像山一樣多。

「嘖，開始了嗎？」

不知源自何處的無數絲線擴散開來。

也有幾條到了我們這邊，但我抱著妮曼閃避。

因為我有看得見魔力的圖哈德之眼才能閃掉，其他人就沒辦法了。

魔力用肉眼是看不見的。

因此，除我以外沒人看得見魔力編織的絲。

「……差不多五十七人吧。」

多達五十七名的群眾被人偶師連上絲了。

那五十七個人全用人偶般毫無生氣的表情凝視我。

下個瞬間，他們全力朝我衝刺而來，還將待在前方的人撞飛。

……接著該怎麼辦好呢？

單純要殺，我是辦得到。然而，他們都是一般民眾，下殺手會讓良心受到苛責。

況且，殺了他們也沒有意義。

操控人偶的絲立刻就會接上遞補的材料，如此而已。

不斷絕根源就毫無意義，但是人偶師躲在某處。從那傢伙的戰法來想，現身並沒有意義。

「我就是不想用這套方案。」

我搔了搔腦袋。

目前的形勢以惡劣程度來算排在第四。

順帶一提，最糟糕的狀況是勇者艾波納受到操控。

對方沒那麼做，是因為對勇者艾波納不管用。艾波納的技能多如藏寶庫，其中想必有一種能讓那傢伙的絲失效。

這樣想才自然。

如果對方能操控艾波納，就不會像這樣大費周章，從一開始用教主權限把勇者召過去操控即可。

……哎，對我方來說倒是謝天謝地。要跟艾波納交手可吃不消。

「艾波納，麻煩妳制服被操控的那些人，別殺他們。我做不來，但是妳行的。」

要讓身體毀壞也不會停止行動的人偶無力作怪又不取其性命，非得有壓倒性的力量才能辦到。

對付一兩個人我還有辦法，然而要同時對付五十七人到底是不可能。

「盧各，你要做什麼呢？」

「打倒魔族。我有能力追尋這種操控人偶的絲，這叫適材適所。」

「嗯，可以喔。那麼，這裡就交給我。」

幸好有艾波納在。

如果沒有她，我就得對現場所有人見死不救了吧。

……反過來說，為了救這裡的人，勇者這顆最強的棋子也就無法用來對付魔族了。

要是對手知道我的個性，也知道我會心軟，才讓一般民眾失控，那就鬆懈不得。

「來吧，這是最後局面。人偶師，我會用暗殺者的行事風格，先悄悄接近再拿下你的首級。」

宣戰之後，我拔腿衝了出去。

Episode21

第二十一話　暗殺者單挑

The world's best assassin, to reincarnate in a different world aristocrat

慘叫與怒吼交相傳出。

畢竟單純的一般民眾突然受到操控而變成暴徒，還一邊大鬧一邊將人撞飛，看在旁人眼裡只覺得恐怖。

（懂得在這種狀況立刻開溜，判斷之快真值得讓人效法。）

那些高階神官擺出獵巫審判的排場，卻早早就溜了。

長於保身之道。

哎，對我來說，總比讓他們留在這要好。

「蒂雅、塔兒朵！用模式C－7。」

我擠出足夠的音量，讓混在恐慌群眾裡的她們倆也能聽見。

模式C－7是指由我單獨挑戰魔族，她們倆專注於救助人們就好的戰法。

目睹她們倆在視野前方展開行動以後，我高高躍起，並且乘風停滯於半空。

「從這裡就能看得很清楚。」

人偶師的唯一弱點。

那就是沒有絲便無法操控人偶這一點。

人偶師的可怕之處，是他本人躲著也可以接二連三地製造遞補的人偶。

然而，絲一定會跟人偶師相連，依循絲的去向就能找出他本人。

我將魔力集中於圖哈德之眼，強化視力與辨識魔力的能力。

……對方還有讓我冷不防中招的隱形絲，要是用上那種絲可就麻煩了。

（不快點找出敵人就慘了。）

肩膀熱得像是起了火。

以連接神臂的部位為中心，疼痛侵蝕全身。

雖說是神器，既然把異物接在身體上，會痛可謂理所當然。

然而，我總不能把神臂卸下。

隱形絲防範不了。

假如沒有這條神臂，再中一次那招就完了。

「找到你了。」

我用風魔法推進加速，絲的終點是一棟平凡無奇的民宅，才不容易遭人懷疑，如此絕妙的藏身處。

隔著窗口可以感受到視線，當我進一步加速將窗口踹破以後，避無可避的無數絲線滿布於眼前。

要躲不可能。所以，我衝上前去，操偶絲自然就貫穿我的身體，剝奪行動自由……由於我沒有發出待機命令，神臂便出手將絲斬斷。

取回自由的我拔出新款的大型短刀，並利用破窗而入的勁道，在錯身之際砍向屋裡那個枯瘦灰皮膚的男子。

隨後，魔族特有的再生現象出現了，但是再生速度緩慢，至今他仍在流血。

「麻煩呢。原來，你的王牌不是只有那副神的玩具。」

對方聲音理性，感覺跟科學家也有幾分類似。

搭以人型的外貌，我如果毫不知情應該就不會當他是魔族。

「是啊，我還準備了許多額外的手段。」

至今與魔族交手好幾次，我都有感到不滿之處。

那就是除非用【誅討魔族】讓【紅之心臟】顯現，然後擊碎，否則再怎麼給予傷害，對方都能立刻再生的特質。

這對作戰太過不利，能採用的戰法也會自然而然地受限。

既然魔族之間也會分享情報，我方的戰法遲早會變得行不通。因為【誅討魔族】是極難運用而充滿缺陷的術式。

「嗯，所以你用了我等同胞的牙來鑄造那柄劍。多麼殘忍。」

「既然魔族也會自相殘殺，我便做出了利用魔族的遺骸是否就可以傷害到魔族的假設……看來被我猜中了。」

新款短刀，其真面目就是用獅子魔族之牙製造的兵器。

硬度與銳利度連厚實的祕銀鎧甲都能咬碎，對於衝擊的抗性也強，堪稱超乎常識的素材，而我就從獅子魔族的屍體回收了對方的牙齒。

不但作為武器效能強大，取自於魔族的身體也有意義存在。

在過去的文獻中留有好幾項魔族曾自相殘殺的記載，甚至也寫到了其中一方因而喪命的結果。

換句話說，魔族殺得了魔族。

這終究只是假設，但這樣看來是被我猜中了。

人偶師朝我發出操偶絲。我以一紙之隔躲開，同時也壓低姿勢，用急遽的加速離開敵人視野，隨即無聲無息地踏到對手斜後方。

用這種步法，在對方看來就會像憑空消失一樣。從近距離突襲的暗殺術。

對準頸子，用魔族之牙鑄成的短刀捅入，反手一轉挖開傷口，紫色血液就像湧泉般噴了出來。

然後，傷口開始痊癒，但速度實在過於緩慢。

「啊啊，你可真是煩人。」

人偶師掩著傷口往後頭一縱，納為部下的人偶則從背後破牆而出，朝我衝了過來。

對方似乎將護衛藏在其他房間。

那些人都還活著，跟死後受操控的教主並不一樣。

既然我決定避免無謂地殺人，要對付那些護衛更是麻煩。

即使讓他們失去意識，對受控的人偶來說也沒有意義，要讓他們無力作怪又不造成毀傷是非常麻煩的。

我忍著劇痛將神臂切為手動而非自動，將操偶絲全部斬斷後，又追了過去。

正好有這個機會，就來測試另一項成品吧。

我從槍套裡拔出手槍。

槍本身跟平時用的一樣，但子彈比較特殊。

瞄準後，連開六槍。

彈巢瞬間清空。射出的子彈散發紅光飛去，全數命中，陷進了肉裡。

（那麼，這玩意兒的效果如何呢？）

只要這項實驗也成功，與魔族交手可就容易許多……

「嘎啊……呼，呼，難道，你用的這是，噗哇！」

立即見效。

戰果比短刀更加豐碩。

畢竟對手完全不會再生。含前世在內，我看過數以萬計被槍射中的人，對手中槍的反應跟那一模一樣。

「對，這是用魔族心臟製作的槍彈。」

既然魔族可以互相殘殺，在魔族身上最具象徵性又聚集著力量的部位，對魔族來說會不會成為最有效力的一種毒素？我如此心想。

那個部位簡單來說，就是紅之心臟。

過去我們擊碎的紅之心臟，我都有保存下來做研究。我一路從各種角度對那些碎片進行分析。

這次我更用那些碎片造出了子彈。

還有，我刻意將那做成貫穿力較弱的ＨＰ（Hollow Point）彈。

其特徵在於彈頭前端有空洞（Hollow）。命中目標之際，彈頭會從空洞的部分炸開，並且膨脹，對體內造成極為重大的創傷。

儘管貫穿力明顯低落，殺傷力與攔阻力卻極高，用這種彈頭散播毒素到體內的效果遠比別種出色。

「人類就是這樣才讓我害怕。明明力量孱弱，不，正因為力量孱弱，用的手段才會比魔族更加惡毒。」

人偶師失血過多而瀕死。ＨＰ彈在體內炸開導致重要器官受損，使他動也動不了。

放著不管也會死。

可是，既然對方身為魔族，無論發生什麼異狀都不奇怪。

我要確實取他的命。

「我們來做個交涉吧，你肯跟我聯手的話，就可以成為人類之王……用不著擔心，魔族絕不會背叛，我們比人類更值得信任。」

我不會把他的話聽進耳裡，連回應都不給。

人偶師的能力太過危險。

一回神就發現身邊所有人都成了他的人偶也是有可能的。

這與人格或者是否可以信任等等無關，而是留他一命的風險高到不同層次。

「你很聰明，而且殘酷，程度比以前存在過的任何怪物（勇者）更甚。」

我在左輪手槍裡填進新的子彈，然後，毫不猶豫地全部射完。

人偶師變得一動也不動了。

「那麼，我刻意不用【誅討魔族】取了對方性命……是否真的不會再生，最起碼要監控二十四小時。另外，聖地應該有魔族的塑像，那也要找人確認狀況。」

用紅之心臟製造的子彈是否真能遏止再生，我得把效力研究清楚才行。

拉了張椅子坐下來的我為了報告打倒魔族一事，也為了確認魔族塑像有沒有毀壞，便拿出了通訊機。

到此，事情告一段落。

……應該還沒完。接下來還有跟教會那些人的麻煩協商等著我。

我身上的嫌疑想來是化解了，但那些傢伙為了保住顏面又會找什麼樣的麻煩給我，光想像就讓人心情黯淡。

Episode22

第二十二話——暗殺者成為英雄

The world's best assassin, to reincarnate in a different world aristocrat

後來正如所料……不，有超乎預料的麻煩會議等著我。

席位上有一整排高階神官。

「我想到了，就當成我們也受了那個魔族……呃，受了人偶師的操控吧。」

「真是好主意。不過，只有這點理由還是太丟臉了。」

「要不然，你們覺得這樣如何？就說我們結果是被操控了，不、過、呢，正因為有我們拚命抵抗讓魔族耗盡力量，才能成功誅討這次的魔族。」

「這樣說就能保全我們的顏面了。真不愧是史托里歐卿。」

這樣的討論一直持續著，沒完沒了。

……該怎麼說呢，做人能厚顏到這種地步反而痛快。

原本要蒙冤受死的我就在這些人眼前，他們卻可以不顧羞恥與體面地討論充滿自保和爭權欲的議題，還要求我的說詞跟他們一致。

看到同座的蒂雅把手伸向大腿上的槍套，我忍不住笑了出來。

因為我也有一樣的想法。

結果，會議上採用的故事腳本是高階神官同為受人偶師操控的受害者。

至於消耗魔族力量之類的鬼話，都被學園長駁回了。神官們原本有所不滿，但聽到謊話編得太多容易被拆穿的忠告以後，也就不甘不願地在形式上順從了。

◇

隔天我走在街上，有好些群眾對我投以致謝的話語及歡呼。

蒂雅擺出十分苦澀的臉色開了口。

「盧各，他們還真有臉這樣對你耶，明明你出現在處刑台時，他們全都大呼小叫地要你去死，還罵你惡魔，現在卻奉你為英雄了。」

「是啊，他們對少爺的態度有點難相信。呃，是我的話，就會覺得很慚愧。」

塔兒朵對於這裡的居民似乎也不太有好感。

「哎，有什麼關係呢？他們只是從善如流罷了。」

人類這種生物並不樂於承認過錯。自己向誰扔過石頭，就不管怎樣都非要把對方指成壞人才肯罷休，人性正是如此。

從這點來看，這座城鎮的居民能爽快改換立場已經算優秀了。

「是這樣嗎……獵巫審判才過兩天，他們就把你當英雄歌頌了耶，莫名其妙！」

「那反而容易理解吧。他們想盡快忘掉冤罪事件啊，用大肆慶祝的方式，這種事情很常見的。戰敗國會表揚有所活躍的個人，靠著歌功頌德一掃沉重的氣氛。」

無論在前世或這裡，人類的行為都很類似。

人是遺忘的生物。有不開心的事大可用新活動掩蓋過去。

「不過，少爺能澄清嫌疑真的太好了。」

「對呀對呀，我本來是打算追隨盧各到任何地方的，可是，我還是希望盧各能保有盧各的身分嘛。」

「瑪荷小姐倒是說過，如果少爺能夠回去當伊路葛哥哥，還一直陪在她身邊，那樣也不錯。」

原來瑪荷說過那種話啊。

應該是沒辦法跟我在一起，讓她寂寞到了那樣的地步吧。

既然我們已經訂婚，以後我多陪陪她好了。

「但是，這次盧各一個人就打倒魔族了耶，總覺得心情很複雜。非要我們三個合作才能打倒魔族的時候，說起來累歸累，我心裡卻有點欣慰。」

塔兒朵在旁邊對蒂雅說的話連連點頭。

以往的基本戰術是讓塔兒朵絆住敵人，蒂雅施放【誅討魔族】，最後再由我給予致命一擊。然而，以後的戰術模式會變多。

「不，這次算是例外。人偶師屬於專精特殊能力的類型，本身的戰鬥力不高，我才贏得過。像他那樣的魔族不多。」

儘管巨魔魔族專精的是身為軍團長的能力，但其他魔族都有非常高的個體戰鬥力。看得出該類魔族較多的傾向。

即使用獅子魔族之牙鍛造的短刀，以及紅之心臟製作的子彈都在這一次大為活躍，我也不覺得有這些武器就能獨自戰勝兜蟲魔族、獅子魔族、地中龍魔族。

「太好了。少爺能一個人辦到的事情實在太多，我有時候就會擔心，怕自己是不是不被需要。」

「就是啊。盧各，你身上的缺點應該要再多一點！」

蒂雅和塔兒朵一個鼻孔出氣，說得可真過分。

不過，那是她們誤解了。

「我一個人是什麼也辦不到的喔。因為有妳們在，我才撐得過去。」

「你這是真心話？」

「當然。」

「是喔，哼哼，拿你沒辦法。盧各沒有我就是不行嘛。」

不知怎地，蒂雅心情大好地哼著歌挽住我的胳臂。

塔兒朵看到她那樣，就有所遲疑地挽住我的另一邊胳臂。

「呃，我也好高興能被少爺需要。何況少了少爺的話，我會活不下去。」

「對啊。雖然只有短短的幾天，被迫跟盧各分開，讓我好寂寞、好懊惱、好難過，都快要不能自已了。」

「我沒有跟少爺一直在一起是不行的……其實，馬車上那些監視的人睡著的時候，我就滿認真地想過，要不要趁機給他們一刀，然後追到少爺身邊……」

「塔兒朵，聽妳說那些，我會覺得一點都沒有開玩笑的成分耶。」

她們倆說的這些話真令人開心。沒想到她們這麼思慕我，好難為情。

這幾天我也跟蒂雅、塔兒朵說的一樣，心裡很無奈。

在前世，獨處明明是理所當然的事，對現在的我來說卻成了難以忍受的痛苦。那是種軟弱。

而且，有珍惜的人對暗殺者來說會成為明確的弱點。

以暗殺者的邏輯來看，應該會認為我在今生的行動絕大多數都既荒謬又不合理。

即使如此，我仍敢斷言自己目前的生活，自己身為盧各·圖哈德的生活並沒有錯。

「剩下三名魔族。蛇魔族米娜並沒有打算消滅人類，再打倒兩名就能和平度日。」

「感覺終於看得見終點了呢，盧各。」

「少爺，我會加油！我們辦得到的。」

「是啊，沒錯，讓我們完成使命吧。」

打倒所有魔族，阻止魔王復活，之後只要沒有發生讓勇者艾波納向人類揭起反旗的事件，這個世界就不會滅亡。

這種生活就不會遭到剝奪。

看得見起初讓我感到無比遙遠的終點了。

而且那將是不用殺勇者、不用殺朋友的美好終點。

可是不知道為什麼，我的第六感，我身為暗殺者鍛鍊出來的危機感應能力，正讓我心神不寧地感受到自己似乎有某種天大的疏忽。

後記

非常感謝您閱讀《世界頂尖的暗殺者轉生為異世界貴族》第六集。
我是作者「月夜　涙」。

在第六集出現了久違的學園班底呢。
身為作者，我更在意主角與女主角們的關係進展算不算一大看點！
還有，下一集終於要觸及作為作品主題的暗殺勇者了，同樣要請各位期待！
最後，確定改編動畫了，敬請期待後續消息！

宣傳

我在角川Sneaker文庫同時連載中的《回復術士的重啟人生》從一月開始播映動畫了。沒看過的讀者可以在DOCOMO動畫商城等播放平台上收看，請務必試試！由於故事內容相當色情殘酷，會挑讀者，但這是看得入迷就會一路迷到底的作品！

謝詞

れい亜老師，感謝您總是提供精美插畫！

角川Sneaker文庫編輯部以及各位相關人士，負責設計的阿閉高尚先生，還有讀到這裡的各位讀者，萬分感謝你們！謝謝大家。

賀改編動畫
恭喜——!!
能看到角色
動起來的這份歡欣
真是……!!!
感謝給予支持的
各位讀者……!!

國家圖書館出版品預行編目資料

世界頂尖的暗殺者轉生為異世界貴族 / 月夜涙作 ;
鄭人彥譯. -- 初版. -- 臺北市 : 臺灣角川股份有限公
司, 2021.01-
冊 ; 公分

譯自 : 世界最高の暗殺者、異世界貴族に転生する
ISBN 978-626-321-047-9(第6冊 : 平裝)

861.57 109018348

Kadokawa
Fantastic
Novels

世界頂尖的暗殺者轉生為異世界貴族 6

（原著名：世界最高の暗殺者、異世界貴族に転生する 6）

2021年12月20日 初版第1刷發行
2023年6月19日 初版第3刷發行

作　者：月夜涙
插　畫：れい亜
譯　者：鄭人彥

發行人：岩崎剛人
總編輯：蔡佩芬
編　輯：孫千棻
美術設計：吳佳昫
印　務：李明修（主任）、張加恩（主任）、張凱棋
發行所：台灣角川股份有限公司
地　址：104台北市中山區松江路223號3樓
電　話：（02）2515-3000
傳　真：（02）2515-0033
網　址：www.kadokawa.com.tw
劃撥帳戶：台灣角川股份有限公司
劃撥帳號：19487412
法律顧問：有澤法律事務所
製　版：尚騰印刷事業有限公司
ISBN：978-626-321-047-9